111個最難忘的故事

第2集
田能久與大蛇精

最新
800字
短篇故事

許書寧、劉思源、林世仁
曹俊彥、子　魚、王家珍 等｜合著
許榮哲、蔡宜容、鄒敦怜
陳完玲｜繪

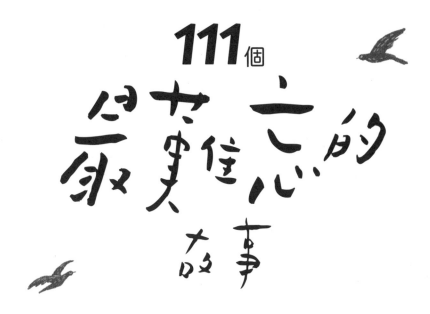

序一

最初的耳語者仍未走開

黃雅淳　國立臺東大學兒童文學研究所副教授

你是否還記得自己第一次的閱讀經驗？如果讓你選擇一個童年時期最難忘的故事，那會是什麼？為什麼？新疆作家李娟曾寫下她第一次讀懂文字意義時的震撼：

> 好像寫出文字的那個人無限湊近我，只對我一個人耳語。這種交流是之前在家長老師及同學們那裡不曾體會過的。那可能是我最初的第一場閱讀，猶如開殼中小雞啄開堅硬蛋殼的第一個小小孔隙。（〈閱讀記〉）

這個閱讀體驗打開了她身在遙遠的阿勒泰哈薩克部落中的一扇門，從此通向更廣大世界。

榮格心理分析學派對人類心靈有一個假設，認為人的內在有一個核心真我（Self，或稱「自性」），它對每一個獨特生命的發展有獨特的意圖，它發展的目的是要成為一個完整、獨特又真實的自己。榮格考察不同民族的宗教、神話、傳說、童話與寓言，得到所有人類共有的幾種原型。他認為原型故事在文學的位置就如同單細胞般的存在，擁有不停被演繹的可能性，所以可以跨越時間與文化，觸動不同的心靈。

這套《111個最難忘的故事》邀請了臺灣四十位老中青不同世代的兒文作家，各自採集童年最難忘的故事，改寫為八百字短篇故事，並說明這個故事令他難忘的原因。奇妙的是，這些被記錄的故事大多是中西方神話、童話等民間文學，以及口傳的家族故事。這似乎驗證了榮格分析學派的理論，這些仍圍繞在我們身邊的古老神話、傳說與童話，必然存在著與當代人心靈仍能相應的精神內涵，呼應著述說者各自的內在狀態。當我們對某些故事特別有所感時，或許它正與我們生命中的主旋律合拍共鳴。而當這些跨越文化與時空的原型故事出現在我們眼前，講述者與聆聽者也將投射自己的經驗、想像與理解在其中，進而看見故事中的智慧與體悟如何回應著我們當下的生命處境。如此，故事往往會從一個古老的「他者」故事變成「我的」故事，而同一個故事也會因為一再被傳述而延續，成為人類共同的文化記憶與資產。

所以，當我們閱讀這些被不同世代作家所採集或重寫的童年難忘故事時，似乎看見當年對這些作家訴說的神秘耳語者仍未走開，它仍透過故事對每一個讀者訴說著屬於他，或許也將屬於我們的心靈祕密與寶藏。

5 最初的耳語者仍未走開

序二

以新時代語言　傳遞雋永故事

～臺灣首度跨世代故事採集～

馮季眉　字畝文化社長兼總編輯

作家是最會說故事的人！而他們小時候，一定也有人為他們說好聽的故事。那些好聽的故事，讓他們成為愛聽故事、愛寫故事、愛分享故事的人，並且用自己釀造的故事，豐富這個世界，也回應飽含故事滋養的童年不時對他們發出的召喚。

有一次和幾位兒童文學作家朋友相聚，故事高手們見了面，七嘴八舌，不是說八卦，而是說故事。童書作家的腦子和肚子裡，似乎隨時裝滿各式各樣、五顏六色、神奇精采的故事，它們活潑又充滿生機，不時會淘氣的跑出來玩。這樣的聚會，簡直像是一場交換故事的遊戲，彼此交換正在進行以及還在醞釀中的故事。就這樣，每個說故事的人都換到好些有趣的故事。在兒童文學還沒有成形以前，故事都以口傳方式流傳，這種互相交換故事的遊戲，不正是故事採集與書寫的源頭嗎？透過採集與書寫，使得原本僅僅流傳於一時一地的口傳文學，能夠代代相傳而成為人類社會共享的資產。

這個交換故事的有趣經驗，促使我想將它轉化為童書編輯計畫，邀集分屬不同世代、不同成長背景的臺灣兒童文學作家，一起回顧童年聽過或讀過、迄今仍印象深刻的故事，改寫重述，說給後來的小讀者聽，讓雋永、有趣的故事，透過不同世代、透過新的語言與感知，傳遞下去。

特約主編玫靜向數十位兒童文學作家發出邀請，共有四十位作家共襄盛舉，並各自提出幾個「最難忘的故事」。主編淘汰重複的選題，確定篇目之後，由作家將原本的故事提煉濃縮為短篇故事，以當代的語言進行改寫重述。這就是這一套《最難忘的故事》的誕生過程。

這應是臺灣首度進行「向不同世代的作家採集兒時故事」。首批採集結果，收集了一百一十一個故事，包括童話、寓言、神話、民間故事等多元類型，故事來源則涵蓋古今中外的兒童文學名著、未經書寫的口傳故事……。主編精心編輯，將一百一十一個故事分為四集，每集二十七至二十八個故事，篇篇搭配全彩插圖，讓兒童閱讀文字的同時，也閱讀豐富的圖像，豐富視覺、激發想像。

為什麼將故事篇幅設定為八百字呢？這是考量兒童聽說讀寫的時間、速度、能力，特地做的安排。八百字的短篇故事，適合兒童隨時隨地利用零碎時間閱讀，只要短短幾分鐘，便能充分享受一則故事的樂趣。八百字故事，也適合做為親子共讀的床邊故事，慢慢講述，口讀時間約是五分鐘。題材多元的短篇故事，同時也是校園晨讀、課堂「迷你閱讀」、說故事與朗讀練習的好素材。由於同一集所收錄的故事類型、題材、來源，具高度異質性與多樣性，小讀者手持一書，便得以穿越時空、出入古今，這種閱讀體驗，相對於閱讀一本單一主題的書，更富於變化也更新鮮有趣。

世上應該沒有不愛聽故事的孩子。但願我們都能像《一千零一夜》裡的莎赫札德，面對「再說一個故事好不好」的要求，總有說不完的故事。《最難忘的故事》請來臺灣最傑出、知名的兒童文學作家，為孩子們獻上一百一十一個精采的故事。這，只是字畝文化推出臺灣版「莎赫札德」說故事的開始喔……。

目錄

田能久與大蛇精

故事採集・改寫／許書寧

故事來源／日本民間故事

日本的阿波國住著一對貧苦的母子，兒子名叫「田能久」，很會演戲，為了奉養寡母，經常得四處巡迴演出，賺取外快。

有一回，田能久在鄰村演戲，才剛下臺，竟然接到母親病重的消息。眾人都勸他隔天再走，因為天色已晚，路上又得經過一座有吃人大蛇精出沒的深山。可是，孝順的田能久心急如焚，連戲服都來不及換下，就急忙趕路回家。

走啊走的，田能久看見林子深處有一座破舊的草棚子，決定歇歇再走。他才剛坐下，就感到背後竄起涼颼颼的寒意。回頭一看，黑暗中竟站著一位白髮白鬚的白衣老翁，面色蒼白，毫無血氣，只有雙眼射出詭異的紅光。田能久想起大蛇精的傳說，嚇得魂飛魄散。

「你是誰？」老翁舔著嘴唇，陰森森的問。

「我……我是……田能久……」田能久結結巴巴的回答。

「什麼？是狸貓啊！」老翁很失望的說：「既然都是妖怪，可就不好自相殘殺啦！」

原來，大蛇精上了年紀，聽力衰退，竟把田能久誤聽成狸貓精了。

「狸貓老弟啊，你變人的技術真好，再變一次讓我開開眼界吧！」大蛇精說。

田能久靈機一動，將身上的戲服反穿過來，露出花布內襯，再套上演戲時用的假髮，轉瞬間變成了一個嬌滴滴的小姑娘。大蛇精看得心花怒放，忍不住鼓掌喝采。

「狸貓老弟，這個世界上，你最怕什麼東西啊？」大蛇精忽然問。

田能久悲傷的想著，自己之所以拋下生病的母親遠行，都是因為家境窮困的關係，就恨恨的說：「錢。都是錢害的。這個世界上，我最怕的就是錢！」

「原來如此。」大蛇精點點頭：「我怕的卻是菸草的灰燼，只要沾到一點點，皮膚就要潰爛見骨。你可千萬不要告訴別人啊！」

天亮了，田能久告別了大蛇精，頭也不回的跑下山。他一進村，就趕緊把大蛇精的事報告給村長知道。於是，村長吩咐眾人蒐集菸草

的灰燼，撒在蛇精出沒的路上。大蛇精果然沾到菸灰，全身潰爛，奄奄一息，氣得七竅生煙。

「一定是那隻臭狸貓洩的密！」

大蛇精使出最後的力氣，拖著一個沉重的大布袋，爬到田能久家的屋頂上。他把袋裡的東西嘩啦啦的全倒進煙囪，尖聲喊叫：「該死的狸貓！現在，換你來嘗嘗苦頭了！」說完，就化成一股白煙消失了。

猜猜看，大蛇精的布袋中，究竟裝了什麼東西呢？

難忘心情

我的外婆出生於日治時代。她雖然沒有上過學，卻曾經在許多日本家庭幫傭，因此習得一口流利的日文，也間接聽說了不少日本民間故事，〈田能久與大蛇精〉就是其中之一。

外婆講起故事十分生動，我還記得她翻扯自己的上衣，解說田能久如何反穿戲服。當她描述故事結尾那些被嘩啦啦倒入田能久家裡的金銀財寶時，也讓我感覺彷彿親眼看見似的。

說故事的人

許書寧，愛畫畫，愛作夢的北港孩子，臺灣女兒，日本媳婦。先後畢業於輔仁大學大傳系廣告組及大阪總合設計專門學校繪本科。作品曾獲臺、日多項獎項。

目前定居日本大阪，從事文圖創作與翻譯工作。創作內容包括繪本、散文、插畫、翻譯、設計、有聲書等。

甜粥

故事採集·改寫／王春子
故事來源／格林童話

有一個善良又貧窮的女孩，她和母親住在一起。

這一天，她們家裡已經沒有任何東西可以吃了，於是她便餓著肚子走進森林，想找一些食物。

在森林的深處，她遇見了一位老婆婆。

「小女孩，你為什麼看起來這麼憂愁？」

女孩難過的告訴老婆婆，她和母親已經好幾天沒東西吃了。好心的老婆婆知道了，便送給可憐的女孩一個小鍋子。

但那可不是普通的小鍋子！只要對小鍋子說：「小鍋子，燒起來。」它就會燒出一鍋熱騰騰、甜甜的小米粥。只要對著小鍋子說：「小鍋子，停下來。」它就不再燒了。

女孩開心的把小鍋子帶回家給母親。她們就這樣擺脫了饑餓，肚子餓的時候，隨時都有熱騰騰的甜粥可以吃。

一天，女孩出門去城外辦事了。獨自在家的母親，對著小鍋子說：「小鍋子，燒起來。」小鍋子便燒起來了。當母親吃飽後，想叫小鍋子停下來時，卻怎麼也想不起來，該怎樣才能讓小鍋子停下來。

於是小鍋子就一直燒啊燒，甜粥一下子就溢出了鍋外。小鍋子還是一直不停的燒啊燒，沒多久，廚房裡、屋子裡到處都是滿滿的甜粥。但小鍋子還是不停的燒啊燒。接著，連隔壁的屋子裡，也全都是甜粥。小鍋子還是繼續的燒啊燒，最後甜粥流到了大街上，彷彿要餵飽全世界。

整個城裡，到處都是滿滿的甜粥，只剩下最後一間屋子，還沒有溢進甜粥。誰也沒有辦法讓小鍋子停下來。

就在這時候，女孩終於回來了。她只說了聲：「小鍋子，停下來。」小鍋子就停了下來，不再燒了。

從此，人們想要

出門，就得一邊走一邊把沿路的甜粥吃光，才能進城到想去的地方。

難忘心情

一直很喜歡和描述食物有關的文字。小時候讀到〈甜粥〉這個故事時，腦子裡總是立刻浮出自己愛吃的家常鹹粥，來想像甜粥的滋味。

童話裡的甜粥，到底是什麼風味呢？引用一段歐洲中古世紀的飲食紀錄：「乳粥的做法，將麥片壓碎煮滾後，加入牛乳、雞蛋、肉湯烹煮；再放入扁桃、葡萄乾、糖、橙味水調味。」嗯，再看一次〈甜粥〉，你有沒有讀著讀著就聞到一股很濃的奶香呢？

説故事的人

王春子，經常被誤會成筆名的名字，其實是本名。本是插畫家，為了作品的一氣呵成，也從事平面設計。兒子出生後，開始創作繪本，著有圖文集《一個人遠足 Be Strong》、《你的早晨是什麼？》，繪本《媽媽在哪裡？》、《雲豹的屋頂》，和朋友持續製作發行獨立刊物《風土痣》。

布萊梅樂隊

故事採集・改寫／王宇清

故事來源／格林童話

驢子年紀太大，無法搬東西了。主人嫌他麻煩，決定把他處死，卻被他聽見了。

心碎的驢子，決定逃走。趁著天未亮，主人還熟睡的時候，他黯然神傷的離開家。

他在路口遇見了一隻老狗。「我老了，牙齒鬆了，沒辦法看門，我的主人要把我趕出去。」

「別傷心。我要去布萊梅，我要去那邊當歌唱家。你會唱歌嗎？我覺得你會是一個很好的低音歌手。」

於是有相同境遇的老狗，加入驢子的行列。

接著，他們又陸續遇見了同樣因為年老而被拋棄的貓和公雞；他們一起加入了樂隊的行列，朝布萊梅城前進。

這天傍晚，他們趕路趕得累極了，想找個地方好好休息。前方一棟屋子裡，傳來喧鬧的聲音。

他們偷偷一看，竟然是一群剛搶了錢財的強盜在裡面慶功作樂。

「這群可惡的傢伙，我們來把他們趕走！」驢子說。

四隻動物隱身在夜色中，同時朝著屋內發出自己最動人、最嘹亮的歌聲。

「嘶嘶嘶！」「喵嗚——」「嗷嗚——」「嘓嘓——嘎嘎——」

喝得醉醺醺的強盜們，從沒聽過這麼恐怖的聲音，他們以為是惡鬼來抓他們了，全都嚇得四散奔逃。

等到強盜散去，四個音樂家，在房子四周各自找了個舒服的角落，安心睡著了。

強盜頭目冷靜下來後，覺得不甘心，但自己又不敢回去，於是派了一個倒楣的小嘍囉回去打探。

小嘍囉摸著黑進屋，看見有亮亮的東西，以為壁爐有火，想去把火點亮些，結果一靠近，就被貓銳利的爪子抓傷了眼睛！強盜急著想從後門逃走，卻被門邊的狗狠狠的在腿上咬了一口；等他好不容易逃出門，又被驢子猛踢了一腳，跌倒在地。被吵醒的公雞飛了下來，狂啄強盜的頭、臉。

「哇呀！」可憐的嘍囉，嚇得尿褲子，發出淒厲的哀號，沒命的逃回夥伴身邊，發抖著對頭目報告：「那……裡不只有一個魔鬼，而是有四個！屋裡有個魔女，有銳利的爪子；門邊有個惡鬼，用鋸子鋸我的腳！外頭還有一個，用大木棍殘暴的打我，屋頂上的那個用針刺我！好可怕！好可怕！」

見了嘍囉的慘樣，強盜頭目一聽，嚇得連忙帶著爪牙們落荒而逃，再也不敢回來。

而這四位音樂家，非常滿意他們的新家，決定在這裡落腳。他們照應彼此，互相依靠，每天一起引吭高歌，過著愜意的生活。

難忘心情

一直很喜歡這個團隊合作的故事：幾個看似弱小的角色，因被拋棄的處境而惺惺相惜，團結在一起，用樂觀的態度組成了樂團，發揮各自的長處，打敗強大的敵人，真是帥呆了！讓我每次讀著都感到十分暢快！

說故事的人

王宇清，一個想很多卻寫得很慢的創作者，透過為孩子寫故事，學習正向面對自己和欣賞世界。曾獲九歌少兒文學獎、國語日報牧笛獎、好書大家讀年度最佳少年兒童讀物獎等。出版有《妖怪新聞社》系列、《願望小郵差》、《水牛悠尾的煩惱》、《空氣搖滾》等作品。其他作品散見於《國語日報》、《國語日報週刊》、《小典藏》雜誌等。

除了寫故事之外，最喜歡收集樂器，並發出一些別人覺得有點吵鬧，卻自認有點好聽的聲音。

雙頭鳳

故事採集‧改寫／傅林統
故事來源／中國民間故事

有個獵人在深山叢林裡發現一隻奇異的鳥，像孔雀又像雉，一個身體連著兩個頭。獵人心想：「這就是鳥類之王的鳳凰吧？金翅碧羽，輝煌華麗而且雙頭，太珍貴了！」

不過，更令獵人驚嘆的是，雙頭鳳的一個頭找到了香甜的果實，並不獨享，啄一半送給另一頭吃，彼此如此。獵人十分感動，不忍心傷害他。

回到村莊，獵人把雙頭鳳的事告訴鄰人，很快的一傳十，十傳百，國王也知道了，立即派將軍率領大隊人馬活捉雙頭鳳。

找了好多日子，終於發現正在樹梢覓食的雙頭鳳，兵士悄悄拋出鳥網，但雙頭鳳機敏的展翅飛走。兵士鍥而不捨的追蹤，一會兒，又在另一棵樹上找到雙頭鳳，鳥網又拋出。但雙頭鳳有兩個頭前後觀看，很快的又發現危險而飛走。這樣反覆多次，都無功而返。

後來，將軍想到一個好辦法，叫鐵匠打造很多鋏子，趁著黑夜，在雙頭鳳出沒的果樹上，悄悄裝置陷阱，掩藏在茂密的枝葉底下。

第二天，雙頭鳳飛來覓食，哪知樹上暗藏陷阱？雙頭鳳飽食一餐正要飛走的時候，一隻腳被鋏子夾住了，雖然拼命爭扎，還是被士兵捉住了。

將軍凱旋回宮，把雙頭鳳獻給國王。國王特別打造了豪華寬敞的鳥籠，每天餵給雙頭鳳最好的果實，讓雙頭和睦、親愛的過日子。雙頭相互合作、相親相愛，不分彼此，讓國王產生了奇妙的想法：「有沒有辦法使這兩個頭各自只顧自己，然後把他們分成兩隻鳥呢？」

國王吩咐飼養的人，只給一邊的頭食物，另一邊不給，而且無法轉身分享。結果，有食物的一頭，眼看另一頭餓著，寧願一同挨餓。

國王想不出更好的辦法，就召集群臣，說：「誰能把雙頭鳳活生生的分成兩隻鳳，有重賞！」

群臣遲疑不前，國王很生氣，幸虧有個大臣上前說：「請國王允許我把鳥帶回家去，一個月內我可以達成任務。」

「好！可是你如果無法在期限內完成，不但免你官職，還要把你打入地牢！」

大臣帶回鳳凰，把籠子吊在窗邊，餵食、觀察，寸步不離，終於發現雙頭鳳偶爾會朝相反的方向看一看。大臣心想，這或許就是挑撥的好機會，於是每當兩個頭往不同方向看去的時候，就乘機對其中一個頭說：「唏哩，唏哩。」然後很快躲到門外去。另一頭不知大臣說了什麼話，詫異的回過頭來問：「剛才他說什麼？」

「沒有啊！我聽不懂他說什麼。」

第二天、第三天，大臣天天趁著雙頭鳳看往不同方向的時候，對同一個頭說：「唏哩，唏哩。」然後躲到門外去。

「喂！大臣每天都找你說話，難道是你們瞞著我什麼事？」

「我真的不知道他說什麼啊！」

「哼！你變了，連對我都保密，大臣一定私底下告訴你什麼事！」

「真的沒有啊！」

大臣持續這樣做，日子久了，雙頭之間的猜疑愈積愈深，不再像以前那樣親密，時常爭爭吵吵。

有一天，大臣又像平常那樣對同一頭說：「唏哩，唏哩。」另一頭按耐不住，氣憤的責問：「不要再隱瞞了，他到底對你說了什麼？」

「沒有啊！我何必隱瞞呢！」

「我不相信。」

「真的不相信我了？」

「當然，大臣一定跟你偷偷商量陷害我，不然怎麼始終鬼鬼祟祟只對你說話？」

「唉！既然你不相信我，我也管不了你，隨你怎麼想好了！」

原本併在一起的鳳凰，彼此都氣憤的互相用盡氣力推了對方一下。經過這一推，他們就真的分開成為兩隻鳳凰了。

難忘心情

這是中國西康的民間故事，故事裡的挑撥離間、互相猜忌的劇情很引人入勝，其中的啟示也教人增長智慧……想一想，若是自己，又經得起這樣的挑撥離間嗎？

說故事的人

傅林統，桃園人，擔任國小教職工作四十六年。一向喜歡給兒童說故事、寫故事、帶領閱讀，學生和家長暱稱他「愛說故事的校長」。退休後，仍在桃園市文化局培訓「說故事媽媽」和「兒童閱讀帶領人」，並示範說故事技巧，升級為「愛說故事的爺爺」。

著有《傅林統童話》、《偵探班出擊》、《神風機場》、《田家兒女》、《真的！假的？魔法國》、《兒童文學的思想與技巧》、《兒童文學風向儀》等作品。

宋定伯賣鬼

故事採集・改寫／管家琪
故事來源／中國民間故事

從前，有一個膽子很大的人，名叫宋定伯。

一天晚上，宋定伯在趕夜路的時候，忽然感覺到路上似乎不止他一個人。宋定伯馬上開口問道：「是哪一位？」

對方居然回答：「我是鬼。」同時，鬼還反問道：「你又是誰？」

宋定伯非常鎮定的回答：「我也是鬼。」

鬼一聽，相信了，然後又問宋定伯：「你要去哪裡？」

「我要到宛縣的市集。」

鬼就說：「真巧，我也要去宛縣的市集，那我們就一起走吧！」

宋定伯欣然同意，於是，一人一鬼就這麼結伴而行。

走了幾里路，鬼提議道：「步行太慢了，不如我們輪流背著對方走好了，你覺得怎麼樣？」

宋定伯覺得這是一個好主意，於是，鬼就先背著宋定伯走。走了幾里路，鬼疑惑的問道：「奇怪，你怎麼這麼重？你大概不是鬼吧？」

宋定伯不慌不忙的解釋道：「哦，可能因為我是新鬼的關係吧，所以就比較重了。」

不久，輪到宋定伯背著鬼走路，果然絲毫感覺不到一點重量。

既然鬼相信自己是新鬼，宋定伯就把握這個大好的機會，非常虛

心的請教道：「我是新鬼，很多規矩都還不懂，比方說，不知道我們鬼都怕些什麼？」

「什麼都不怕，只怕別人對我們吐口水。」

「哦，原來如此。」宋定伯暗暗的記在心裡。他們繼續一起趕路。

不久，遇到了一條小河，宋定伯表示禮讓，讓鬼先渡河。鬼渡河的時候一點聲音也沒有。而當宋定伯渡河的時候，發出了嘩啦啦的水聲，鬼又有些起疑道：「奇怪，為什麼你會弄出那麼大的聲音？」

宋定伯趕緊說：「啊，可能是因為我才剛死，還不習慣渡河。」

經過一夜的趕路，快要走到宛縣時，天已經快要大亮了。這時，正在宋定伯背上的鬼說：「喂，老兄，可以了，放我下來吧！」

可是，宋定伯哪裡肯放，反而還把鬼抓得更緊。鬼急得大喊大

叫，不斷發出「咋咋」的叫聲，拼命要求下來，但是宋定伯都不管，就這麼直接把鬼背到了市集去。

到了市集，宋定伯把鬼一放下來，鬼瞬間就變成了一頭羊！

宋定伯立刻朝著這頭羊吐了口水，「定」住了牠，讓牠不會再有變化。然後，宋定伯就把這頭羊給賣了！還賣了一千五百文錢呢！

難忘心情

所謂「鬼由心生」，「鬼」其實都是出於人的想像。小時候讀〈宋定伯賣鬼〉，除了佩服宋定伯真是超級大膽，更是對一些關於鬼的想像感到很有意思，譬如鬼沒有重量，渡河沒有聲音，會變成羊，最怕人的口水等等。長大以後再看這個故事，則是挺同情那個鬼，覺得他實在是好無辜哦！

說故事的人

管家琪，兒童文學作家，曾任《民生報》記者，後專職寫作至今。目前在臺灣已出版創作、翻譯和改寫的作品逾三百冊，在香港、馬來西亞和中國大陸等地也都有大量作品出版。曾多次得獎，包括德國法蘭克福書展最佳童書、金鼎獎、中華兒童文學獎等等。

作品曾被譯為英、日、德及韓等多國語文，並入選兩岸三地以及新加坡的語文教材。經常至華語世界各地中小學與小朋友交流閱讀與寫作，廣受歡迎。

板橋三娘子

故事採集・改寫／劉思源
故事來源／中國民間故事

唐朝時，汴州有家響噹噹的「板橋客棧」，店主三娘子美麗又能幹，除了經營旅館，還販賣驢子。她的驢子又壯又便宜，大受客人歡迎。

有一天，旅人趙季和路過這兒，因為天色已晚，決定留宿一晚。這天旅客很多，只剩下最後面的一張床，隔壁便是三娘子的房間。三娘子親切的招呼客人，和大家一邊喝酒一邊說笑。夜深了，客

人全醉倒了，三娘子也回房休息，只有趙季和翻來覆去睡不著。

忽然隔壁傳來劈劈啪啪的聲響，趙季和從牆上的縫隙偷看，只見三娘子從箱子裡拿出一副只有六、七寸大小，像玩具一樣的犁田的工具，還有木頭刻的小牛和小人偶。

三娘子嘴裡含了一口

水，噴在小牛和小人偶身上，它們立刻動了起來，拉著犁，來來回回的在床前翻土整地。接著，三娘子拿出一袋蕎麥種子，讓小人偶撒在地裡，才一會兒工夫，蕎麥便發芽開花成熟了。

小人偶繼續收割、打殼，磨粉……。等工作完畢，三娘子把人偶等道具都收回箱裡，用磨好的麵粉做了一些燒餅。

「這位三娘子法術很厲害！」趙季和又驚又羨。不久，雞叫了，旅客們紛紛起床，三娘子把燒餅端到桌上給大家吃。趙季和假裝有事先走，卻偷偷蹲在窗外偷看屋裡的動靜——客人們圍在桌前大口吃著燒餅，還沒吃完就倒在地上，發出驢子般的叫聲，接著一個個耳朵變長，長出鬃毛、蹄子……，變成了驢子。原來三娘子的驢子都是旅客變成的。

趙季和悄悄離開，一個多月後才回來，並請三娘子準備一些點心。三娘子馬上端來一盤燒餅。其實趙季和來之前已經準備了一些燒餅，形狀、大小和三娘子做的一模一樣。他掏出自己帶來的燒餅，偷偷和盤裡的交換一個。

「哎呀，我剛買的燒餅還沒有吃呢！」趙季和把那個換過來的燒餅遞給三娘子，「請你也嚐嚐吧。」

三娘子不好推辭，剛咬了一口，便「喔伊——」趴在地上發出驢叫，變成一頭驢子。

趙季和拿了三娘子的箱子，騎上三娘子變成的驢子到各地旅行。這頭驢子很健壯，日行千里也沒問題；但是不管趙季和怎麼試，就是無法讓小人偶和小牛動起來。

過了四年，趙季和在路上遇到一位老人。老人看到驢子，拍手大笑說：「板橋三娘子怎麼變成這副模樣？還是饒了她吧。」

他說完，兩手把驢的鼻子一掰——三娘子便從驢皮中跳出來，轉身離開，沒人知道她去了哪兒。

難忘心情

一個西方，一個東方，同樣是小人兒深夜做工的故事，格林童話〈老鞋匠和小精靈〉裡的小精靈們，開心的幫老鞋匠做鞋子；而〈板橋三娘子〉裡的小人偶和小牛，卻是不由自主的小奴隸，多了些恐怖的控制感。

然而，對幼年的我來說，這則故事洋溢著東方的奇幻色彩，例如小人偶耕地種麥的情節，濃縮了時間和空間，歲時風光盡在眼前；人變驢子的情節也展現了魔法的驚與奇。

說故事的人

劉思源，職業是編輯，興趣是閱讀，最鍾愛寫故事，一個終日與文字為伴的人。目前重心轉為創作，走進童書作家的行列中。

出版作品近五十本，包含《短耳兔》、《愛因斯坦》、《阿基米得》、《狐說八道》系列等。其中多本作品曾獲文建會臺灣兒童文學一百推薦、好書大家讀年度最佳少年兒童讀物獎，並授權中、日、韓、美、法、土、俄等國出版。

牛郎織女

故事採集・改寫／洪淑苓
故事來源／中國民間故事

春暖花開時節，天上的織女和仙女姊姊下凡到人間。她們一行七人，織女是最小的妹妹，這次出遊是她提議的，因為她暗地裡對人間的生活很嚮往。

她們披著自己織的絲帛披肩，像雲霧一樣的飛下來。來到河邊，紛紛卸下披肩，脫下鞋子，捲起褲管就下水去玩耍了。

沒想到，樹林裡早已經躲著牛郎和老牛。

原來，前一晚，老牛忽然開口，叫牛郎今天下午到河邊來。等七個仙女下水後，老牛要牛郎趁機偷走其中一條披肩。

牛郎的舉動驚動了仙女，她們紛紛上岸，撿起自己的鞋子和披肩，一溜煙似的就飛上天了。只有最小的織女，找不到自己的披肩，只好四處張望。這時，牛郎走到織女面前，把披肩還給她，跟她道歉，誇她很漂亮，希望她留下來嫁給他。織女看他很誠懇，很老實的樣子，連老牛都在一旁猛點頭，就答應了。

織女嫁給牛郎以後，彼此真心對待，過著男耕女織的生活。後來，他們接連生下一兒一女，更是幸福快樂。

隨著時光飛逝，織女開始想念自己的家人；而玉皇大帝也發現了織女私自下凡的事，十分憤怒，立刻派人下凡捉拿織女。

天兵天將來到人間，一把就抓起織女，架著她往天上飛。牛郎看見了，不知所措。老牛又開口說話了，牠說自己快死了，可以把牠的皮剝下，披上牛皮，就可以飛上天去。牛郎不忍心，但禁不住老牛哀求，等老牛一倒地，他心一橫，就剝了老牛的皮披上，帶著兩個孩子飛上天去追趕織女。

但天兵天將的速度太快，牛郎根本趕不上他們。眼見到了銀河邊，河水茫茫，織女已經被抓著飛過河了，牛郎父子三人只能在這邊望河興嘆。織女頻頻回頭看牛郎父子，牛郎不禁流下淚來，一雙兒女也大聲哭喊：「娘！娘！」

這情景感動了王母娘娘，她為織女求情，請玉皇大帝原諒他們。玉皇大帝終於答應，但只准他們在每年的七月初七，也就是七夕的晚上見面。

於是，到了七夕這天，所有的喜鵲都來幫忙搭建鵲橋，讓牛郎織女可以一家團圓。第二年、第三年……從此之後，每一年的這一天，織女都懷著欣喜的心情，踏上鵲橋，等待牛郎帶著兩個孩子來相會。

難忘心情

小時候，每到七夕，家裡都會祭拜七娘媽。母親告訴我，七娘媽就是織女，是保護兒童的女神。織女私自下凡嫁給牛郎，後來被帶回天上，從此和牛郎只能七夕相會，而七夕那天都會下雨。好美的故事啊！慈愛的七娘媽也讓人敬佩。

說故事的人

洪淑苓，現任臺灣大學中文系教授。曾獲教育部文藝創作獎、臺北文學獎、優秀青年詩人獎、詩歌藝術創作獎、好書大家讀年度最佳少年兒童讀物獎等。著有多種學術專書及新詩集《預約的幸福》、《尋覓，在世界的裂縫》；童詩集《魚缸裡的貓》；散文集《扛一棵樹回家》、《誰寵我，像十七歲的女生》、《騎在雲的背脊上》等。

懶人變猴子

故事採集・改寫／陳素宜

故事來源／口傳故事

山腳下的小村子裡，住著一對夫妻。他們種菜、養雞鴨，上山撿柴火，日子過得很忙碌。本來夫妻兩人應該一起努力互相支持才對，但是老公阿財常常偷懶不認真，所以老婆春花特別辛苦。

「阿財，起床了。我們今天再不上山去撿柴，晚上就沒火煮飯吃了。趕快起來，吃飽飯我們一起出門。」

「哎呀呀，水缸見底了，傍晚一定要去水井挑水才行喔，阿財！」

阿財總是要春花三催四請的，等到火燒屁股了，才會去做事情。做的時候又馬馬虎虎的，都要春花緊盯著他才能完成。

有一天，春花拿了一把鋤頭給阿財：「今天要來種地瓜囉！阿財，你先去田裡把土鬆一鬆，等我把衣服洗好，就去找你。」

春花抱著一堆衣服，匆匆忙忙的到河邊去了。阿財拖著鋤頭，慢吞吞的向田裡走去。走啊走著，阿財來到一棵芭樂樹旁。他摸摸肚子，想了想：「先吃個芭樂解解饞吧！」

阿財背靠著樹幹坐下來，一邊啃著現摘的芭樂，一邊看著天上的白雲。微微的風兒吹過來，淡淡的花香飄過來，還有小鳥啾啾的唱著好聽的歌，阿財完全忘了鬆土種地瓜的事。他吃完芭樂，覺得眼皮愈來愈重，愈來愈重，竟然就這樣睡著了！

春花洗了衣服晾在門外的竹竿上，心裡記掛著阿財不知道把土鬆好了沒有，三步併作兩步的向田裡跑。她遠遠的就看見，芭樂樹下有個人睡得正熟，正是他們家的阿財！春花氣得大吼一聲：「阿財，你給我起來！」

睡夢中的阿財，聽到空中響起一聲雷，嚇得馬上跳起來，拿起鋤頭就向前跑。他不小心跌了一大跤，長長的鋤頭柄，不偏不倚插在屁股上！

不知道為什麼，阿財不但不覺得痛，反而愈跑愈快；不但愈跑愈快，還傾身向前，兩手著地，用四隻腳飛快的跑到樹林裡，鋤頭柄變成的長尾巴，就在屁股上甩呀甩的甩個不停！

春花從此沒有再見過阿財，只是她上山撿柴的時候，到水井挑水的時候，在田裡種菜的時候，去河邊洗衣服的時候，常常發現有隻猴子，遠遠的看著她。

難忘心情

通常故事裡都是猴子變成人，所以聽國小老師說這個懶人變成猴子的故事，印象特別深刻。小小年紀的我，想的是：後來呢？懶人變成猴子之後，有變勤勞嗎？還是一樣懶呢？他的老婆後來怎麼樣了？一個人要做所有的家事，還是很辛苦的吧？我總覺得這個故事還沒結束，但是老師卻說故事已經講完了！

說故事的人

陳素宜，臺灣新竹人，臺東大學兒童文學研究所畢業。一九八七年第一篇童話〈純純的新裝〉在《國語日報》發表後，開始努力從事兒童文學創作。作品涵蓋少年小說、童話和兒童散文等文類。作品得到九歌現代兒童文學獎、國語日報牧笛獎、陳國政兒童文學獎及好書大家讀年度好書獎、金鼎獎等多項兒童文學獎項的肯定。

已有童話、小說和散文等五十餘冊兒童文學作品出版。

驢子和馬

故事採集．改寫／童 嘉
故事來源／伊索寓言

從前有一個商人，常常到各處旅行經商，他養了一匹馬和一頭驢子。

商人很疼愛他的馬，總是照顧得無微不至，給牠最好的糧草，帶牠散步，也捨不得讓牠背太重的貨品。相反的，驢子卻吃得差、做得多，每次外出經商，商人都讓驢子駝很重的貨物，走很遠的路。

驢子很羨慕馬這麼好命，希望馬可以幫忙分擔一點他的辛勞。可是馬驕傲的說：「我跟你可不一樣，我是尊貴美麗的，可不像你，就該做低賤的活呢！」驢子聽了很受傷，卻也無可奈何。

有一次，商人要去很遠的地方做生意。出門的時候，他把貨物全放到驢子背上，只給馬背了一點點貴重的物品。

一路上，馬抬頭挺胸、昂首闊步的走在前面，有時候還故意快跑起來；而驢子卻因為貨物沉

重，路途遙遠，吃得又差，愈走愈沒力，四隻腳就快要抬不起來了。於是，驢子向馬哀求：「拜託拜託！幫我分擔一點重物吧！我快走不動了。」可是馬完全不理睬，更加驕傲的抬起頭。

驢子最後終於因為負載過重，筋疲力竭的死了。這時候，他們身處蠻荒，剩下的路途還很遙遠，主人不得已，只好將驢子身上的貨物全部卸下，改由馬來背，甚至還加上了一張從驢子身上剝下來的驢子皮。

直到這時候，馬才終於知道，原來可憐的驢子，長久以來竟然背了這麼重的貨物，難怪總是氣喘吁吁……。他心想：早知道，應該一開始就幫驢子分擔一點，自己就不會演變成現在這種淒慘處境了啊！但是，後悔也來不及了。

難忘心情

《伊索寓言》是小時候唯一擁有的一套故事書，總是一翻再翻，一看再看。在許多的寓言故事裡，這篇驢子與馬的故事特別令我印象深刻，或許是在那樣的年代，小孩子對於家長或老師的「偏心」總是比較敏感，誰拿多一點、誰拿少一點，誰做得多、誰做得少，都會在心裡計較。看過這個故事以後，常常想：如果一開始就公平一些，懂得多體諒別人的辛勞，不是更好嗎？

說故事的人

童嘉，臺大社會系畢業，曾任報社專欄組記者，專職民意調查執行與撰稿，其後為陪伴小孩成長，成為全職家庭主婦至今。

因為偶然的機會開始畫繪本，已出版《想要不一樣》、《我家有個烏龜園》、《不老才奇怪》、《千萬不要告訴別人！》、《小小姐姐慢吞吞》、《一定要選一個》等三十多本繪本、橋梁書與圖文創作；每天過著非常忙碌的生活，並且利用所有的空檔從事創作。

望娘灘

故事採集．改寫／林世仁
故事來源／中國民間故事

在四川省都江堰附近，有一個叫阿孝咕的十一歲小男孩，他每一天都比太陽早起。為了照顧生病的媽媽，他上午到山上砍柴，下午去河邊割牧草。只要媽媽吃得下飯，阿孝咕就笑得好開心。

這一天，阿孝咕在山崖下發現一片新草地。這裡的草好特別，才割完，第二天又長得好茂盛。「哇，這一定是靈草！我只要種在家裡，下午就可以陪伴媽媽，不必出門割草了。」他興奮的把草挖回家種，但是草卻沒有長出來。

「奇怪，為什麼會這樣？」阿孝咕只好再去山崖下割草。

沒想到村子裡的小朋友發現了，全跟過來，也搶著割。阿孝咕擔心搶不過大家，又想把草根挖回家再種一次。「這次我挖深一點，也許行！」挖啊挖，咦，這是什麼？他拿在手上看，是一粒亮閃閃的珠子！「哇，有寶貝！」其他小朋友全伸出手來搶。阿孝咕抓緊珠子就跑，跑得太急，兩腳一打架，往前一摔，滾進了大泥塘。小朋友追上來，他趕緊把珠子藏進嘴巴。

「交出來！交出來！」大孩子捉住他，掰他的拳頭，沒有！掏他的口袋，沒有！搜他的衣裳，沒有！忽然一個小朋友大喊：「在他嘴巴裡！」阿孝咕急壞了，用力推開眾人，拼了命往都江堰跑去，一不小心，「咕嚕！」珠子吞進了肚子。大孩子追上來，拉住他，撬開嘴巴。咦，沒有？阿孝咕累癱了，整個人往下一倒……。

「轟隆！」天空忽然打起響雷。烏雲飛捲過來，一陣狂風捲起阿孝咕，把他摔到土壩的另一邊。其他小朋友嚇壞了，紛紛逃回家去。

媽媽等不到阿孝咕回來，拄著拐杖出門尋找。在土壩邊，她看到阿孝咕低著頭在喝江水。媽媽喊他的名字，他也不回應，只是拼命喝水，好像很渴。媽媽走近看，發現他的頭上摔腫了兩個大包，還長出一對犄角。阿孝咕一邊喝水，身體一邊搖擺，一扭一擺之間，他的身子愈伸愈長。媽媽伸手一摸，啊！上頭竟然長出了鱗片！

「阿孝咕，你不能變成龍啊！」媽媽嚇壞了，大哭起來。

聽到媽媽的哭聲，阿孝咕回過頭，但他再也說不出話來。

他又掉轉頭，江岸邊被他壓出了一道彎。他往前衝去，媽媽在後頭大喊：「阿孝咕，回來啊！」他回過頭，兩眼全是淚水。他控制不了自己的身體。

他又扭回頭，江水邊又多了一道彎。

「兒啊，你快回來！」媽媽的淚水止不住。阿孝咕回過頭，他的淚水也止不住。他多麼想留下來，回到媽媽的身邊。但是他的身體不

聽使喚，他的手腳在往前衝，他流著淚又扭回頭。江水邊，又多了一道彎。

「回來啊！阿孝咕，回來啊！」媽媽一直追，一直喊。每聽到媽媽一聲喊，阿孝咕就回過頭。他的淚水汪汪流，他的手腳往前衝。

每一次回頭，江岸邊就多出一道彎。

媽媽哭著喊，一連喊了七十二聲。阿孝咕一連回了七十二次頭。終於，到了都江堰的盡頭，他的身體往上一騰，手腳一張，飛上了天空，穿進了雲層。阿孝咕再也沒能回頭看媽媽了。

從此以後，都江堰的江岸邊就多出了七十二道彎。大家都叫它：望娘灘。

難忘心情

國小中年級時，我在學校的中華兒童叢書《鄉土神話》中讀到這篇故事。當時很感動，現在重新把它寫出來，仍然十分感動。母子親情大概是人世間最難割捨的感情吧！原來的故事裡，小男孩並沒有名字。我覺得他這麼孝順，所以幫他取了「阿孝咕」的名字。他每一次回頭，總是叫我好想陪著他一起哭！那真是至痛無聲，沒有聲音的眼淚啊！

說故事的人

林世仁，高高瘦瘦，喜歡聽黑膠唱片，覺得生命就像一場神奇的大魔術。作品有童話《字的童話》系列、《流星沒有耳朵》、《小麻煩》；童詩《古靈精怪動物園》、《誰在床下養了一朵雲？》、圖象詩《文字森林海》；《我的故宮欣賞書》等四十餘冊。曾獲金鼎獎，中國時報、聯合報、好書大家讀年度最佳童書等。第四屆華文朗讀節焦點作家。

威尼斯商人

故事採集・改寫／桂文亞
故事來源／莎士比亞劇本

猶太人夏洛克是義大利威尼斯的富翁，他的財產是靠放高利貸累積來的，為人刻薄寡恩。

年輕的安東尼奧，也是富有的商人，卻經常借錢幫助人，從不收取利息，十分慷慨仁慈。

安東尼奧的朋友巴薩尼奧，經常接受安東尼奧的接濟，這回，為了追求美麗又聰慧的富家女鮑希亞，又來懇求好朋友借他三千金幣，

做為求婚的「資本」。安東尼奧手頭沒有那麼多現款，為了成全好友偉大的愛情，決定用海上的船隻和貨物做擔保，向刻薄的夏洛克借貸。

夏洛克一向痛恨安東尼奧，認為他把威尼斯從事這一行業的利息都壓低了。更過分的是，安東尼奧竟然在商人集會的場合，當眾辱罵他是「吸血鬼」、「殺人的狗」，甚至把口水吐在他衣服上。

「親愛的安東尼奧先生，沒想到您現在竟向我求助了，『一條狗』會有錢嗎？『一條惡狗』能借人三千金幣嗎？」他帶著嘲弄的口吻。

「就算借給仇人吧！多少利息照付！如果不守信用，隨便你怎樣都行。」

「這可是你說的哦。到時候如果你無法如期還錢，就要從你身上割下整整一磅肉做為補償！」

萬萬沒想到！安東尼奧的船隻，竟然遇上風暴全沉了！按照借款契約，還不了債，得要割下一磅肉來！

開庭的日子到了，儘管巴薩尼奧帶來比債務多上好幾倍的金幣去贖救好朋友，狠毒的夏洛克卻說：「我只要安東尼奧身上的一磅肉！」

「仁慈就像從天空降下的甘雨，是雙重的幸福，不但對別人行仁慈的人感到幸福，領受

到仁慈的人也會感到幸福。」

法庭裡，安東尼奧的辯護律師，想說服心狠手辣的夏洛克。然而，夏洛克堅持依照契約割肉賠償。

「唉！既然你堅持，就用刀子刺進安東尼奧的胸膛吧！」

夏洛克仔細磨著尖刀，躍躍欲試！

「慢著！」辯護律師說：

「契約上只寫明割一磅肉，不允許取一滴血！而且，你意圖害人，依照威尼斯法律，你的財產得全部充公！而凡是用直接或間接手段謀害他人性命，還犯死罪！」

這下子，夏洛克可真嚇得「屁滾尿流」了。

幸好，法庭上的公爵、法官、陪審團，以及安東尼奧，都是仁慈的人。夏洛克儘管保住一條老命，卻也賠掉了所有的財產。

這麼聰明的辯護律師是誰呢？你一定很好奇吧？

他就是巴薩尼奧的新婚妻子鮑希亞喬裝的呀！

難忘心情

小學時期，和父母住在鄉下，城裡的外婆常常來探望我們。每次來，總會帶上幾本香港出版的《兒童樂園》給我和妹妹消遣。這本小學生適讀，內容包羅萬象，印刷精美的雜誌，讓人愛不釋手。其中，〈威尼斯商人〉是至今印象最深刻的一個故事，不過當年並不知道，作者莎士比亞就是當今英語民族中最偉大的戲劇家。

說故事的人

桂文亞，兒童文學作家，曾任教職、《聯合報》記者、副刊編輯、《民生報》兒童組主任、童書主編、《兒童天地週刊》總編輯、聯合報童書出版部總編輯等職。現為「思想貓」兒童文學研究室負責人、浙江師範大學兒童文化研究院講座教授。

出版成人及兒童文學創作五十餘冊、編輯童書近四百五十冊。得獎紀錄：信誼兒童文學特別貢獻獎、宋慶齡兒童文學獎、好書大家讀年度最佳少年兒童讀物獎、中華兒童文學獎及世新大學十大傑出校友等獎。

大野狼和七隻小羊

故事採集・改寫／陳景聰

故事來源／格林童話

森林裡住著羊媽媽和七隻小羊。

有一天，羊媽媽要出門，她告訴七隻小羊：「媽媽不在家時，如果陌生人來敲門，千萬別開門。尤其是可怕的大野狼，他最喜歡吃小羊。記住呵！大野狼有粗粗的聲音，還有黑黑的腳。」

七隻小羊回答：「媽媽，我們會小心，絕對不會讓大野狼進來屋裡。」

大野狼發現羊媽媽出門了，過不久就來敲門，裝出羊媽媽的聲音唱著：「小孩子乖乖，把門兒開開，快點兒開開，我要進來！」

羊大哥在屋內回答：「你的聲音粗粗的，不是媽媽，是大野狼！」於是七隻小羊就一起唱：「不開不開不能開，你是大野狼，不讓你進來！」

大野狼只好氣沖沖的離開，去買一種神奇藥水喝下去，讓聲音變得又細又好聽。他又來小羊家敲門，裝出羊媽媽的聲音唱著：「小孩子乖乖，把門兒開開，快點兒開開，我要進來！」

羊大哥聽到媽媽的聲音，蹲下來看到門外那雙腳，大聲喊：「腳黑黑的，是大野狼！」於是七隻小羊又一起唱：「不開不開不能開，你是大野狼，不讓你進來！」

大野狼氣呼呼的跑去買白麵粉，抹在腳上，又來到小羊家，一面敲門一面唱：

「小孩子乖乖，把門兒開開，快點兒開開，我要進來！」

小羊們聽到細細的歌聲，看到白白的腳，以為是媽媽回來了，把門打開；結果看到大野狼，嚇得連忙躲起來。

大野狼在屋裡到處找，把小羊一個一個吞進肚子裡。只有年紀最小的小羊躲進時鐘裡，沒被大野狼發現。

野狼吃得飽飽的，回到森林，躺在樹下睡午覺。

不久，羊媽媽回家了。她發現小羊全不見了，焦急的喊小羊們的名字，當她叫到年紀最小的小羊時，小羊才打開時鐘喊：「媽媽，我在這裡，大野狼把哥哥姊姊都吃掉了。」

「走！我們一起去救你的哥哥姊姊！」羊媽媽帶著小羊走進森林，看見大野狼躺在樹下呼呼大睡，小羊還在他的肚子裡動來動去。

羊媽媽趕快回家拿來剪刀和針線。她剪開大野狼的肚子，六隻小羊就一個個跳出來。

「可惡的大野狼！把你的肚子裝滿石頭，你就不會再來吃我的小羊了。」羊媽媽把石頭裝進大野狼的肚子裡，再把他的肚皮縫起來。

大野狼睡醒了，口很渴。他走到河邊，彎下腰想喝水，卻因為肚子裡的石頭太重，害他跌進河裡，淹死了。

難忘心情

兒時，每晚睡覺前，我們兄弟姊妹總是在榻榻米大床上翻跟斗，等著聽長輩說故事。爸爸說〈大野狼與七隻小羊〉的故事時，總是假裝自己是大野狼，邊敲門邊唱歌。接著，我們幾個小蘿蔔頭也唱歌回答。

爸爸老是說這個故事，而我們也總是期待聽這個又好聽又好玩的故事。

我永遠忘不了，幼年那個害怕陌生人的自己，應該是受這個故事影響的緣故吧？

說故事的人

陳景聰，臺東大學兒童文學研究所畢業，國小教師退休。從小就喜歡聽老師講故事，後來當了老師，開始蒐集故事、說故事、寫故事，發願當一個笑臉看兒童的人。

作品曾獲臺灣省兒童文學獎、文建會兒童文學創作獎、文建會臺灣兒歌一百優選、冰心兒童文學新作獎、九歌年度童話獎等獎項。著有《張開想像的翅膀》、《小天使學壞記》、《神奇的噴火龍》等三十餘冊。

食人巨鳥

故事採集．改寫／曹俊彥

故事來源／臺灣民間故事

群山一座座相連，茂密的樹林，襯著山谷間濃濃的霧氣，風景非常美麗。可惜山腰住著一隻巨大的怪鳥，那些久久散不開的濃霧，就是牠故意吐氣罩在樹林間，要讓往來的旅客迷路，再把他們一個一個吃掉。

由於這是南北交通必經的要道，鄭成功決定派軍隊來捕捉巨鳥。幾十個弓箭手，一齊用箭射牠；可是牠翅膀輕輕一揮，就把箭全揮落了。再派出幾十位敢死隊的隊員，手握長矛，衝到山腰刺牠，卻發現牠的羽毛和身體像石頭一樣硬，根本刀槍不入，長矛全都彎了、斷了。要不是隊員跑得快，恐怕也會被吃光光。

隊長傷透了腦筋，緊急調來大砲！卻因為距離太遠，根本打不到這隻愛吃人的巨鳥。

附近的居民以及許多曾被巨鳥攻擊的旅客，得知軍隊征戰得十分辛苦，也幫忙獻計。他們做了許多麻糬送來，說：「如果能夠黏在巨鳥的身上，或許可以牽制牠。」又說：「只不過，要把麻糬黏在巨鳥

身上，沒那麼簡單！」

隊長聽了，叫兩個小兵去買更多的糯米來，命令伙夫升爐火，煮糯米飯，再搗成黏糊糊的麻糬。

士兵都在猜隊長要怎麼使用這些麻糬。有人說：「難道是想用麻糬當砲彈，打到巨鳥的身上？」馬上有人回答：「不可能！麻糬會黏住炮筒，根本打不出去。」有人說：「可以用麻糬做成假人，引誘巨鳥。」「可是不會動的假人只有麻糬味，巨鳥要吃嗎？」

這次，麻糬做得更加黏答答。士兵們把帳篷搭了起來，先在帳篷上面黏上麻糬，派幾個士兵用棍子撐著，大家再躲進篷子底下，一起朝巨鳥走去。大隊人馬一路走一路敲打兵器，引起了巨鳥注意。巨鳥飛來想抓躲在帳篷下的士兵，馬上沾到麻糬被黏住，差一點就被帳篷裹住了。

巨鳥奮力掙扎，扯掉幾根硬梆梆的羽毛，飛回半山腰的巢穴。當牠正想好好的清除身上那黏黏糊糊的東西時，士兵又推來大砲。

「轟轟！」一顆砲彈把牠打昏了，另一顆打彎了牠的鳥喙。

巨鳥昏了過去，沾滿身上的麻糬乾了、硬了，最後牠變成了一塊大石頭。因為牠的鳥喙被打彎了，大家便說那塊石頭叫鸚哥石。

從此以後，鸚哥石不再製造濃霧，也不再吃人了。住在那兒的人也漸漸多了起來，就叫鸚哥鎮，後來，又改成比較好聽的名字——鶯歌。

聽過這個故事的小朋友，坐火車經過這兒的時候，都會忙著找山腰上的鸚哥石。那塊石頭附近，現在多了好多樓房呢！

難忘心情

雖然鄭成功並沒有到過臺灣北部，但是小時候卻聽過這些關於鄭成功的軍隊降伏怪物的故事，因為大都與地形地物有些關連，總是聽過就難以忘記。

說故事的人

曹俊彥，臺北師範藝術科／臺中師專畢業。曾任小學教師、臺灣省教育廳兒童讀物輯小組美術編輯、出版社總編輯。出版作品一百多本，曾榮獲臺灣省教育廳金書獎、金鼎獎、中國畫學會金爵獎、中華兒童文學獎（美術類）等。

一生與彩筆為伍，為小朋友畫畫，以小朋友的快樂為快樂。最喜歡用黑和白作畫，但是不敢黑白畫！

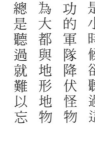

蟾蜍、山烏秋和大螃蟹

故事採集・改寫／陳木城
故事來源／臺灣原住民口傳故事

很久很久以前，布農族人正忙著耕作時，突然間天黑地暗，狂風大作，下起了傾盆大雨。這場大雨連續下了幾天幾夜，洪水淹沒了田園，淹沒了部落，淹沒了整個大地，布農人都急急忙忙從平地逃到高地，再從高地往山上逃命，到最後他們都逃到最高的玉山上。

這時候，動物也逃到了山上，族人就和動物們一起生活。過了幾個月，洪水還沒退，山上的食物愈來愈少，眼見可以採集的植物都已經吃完了，不得已的情況下，布農人只好抓水鹿、野兔、野豬這些動物來吃。

可是，沒有火，生肉怎麼吃呢？他們發現對面的卓社大山上有火光，就請會游泳的蟾蜍去卓社大山取火。蟾蜍同意了，向卓社大山游過去，果然取到了火種，趕緊帶著火種游回來。可是，當蟾蜍好不容易游回來的時候，火種已經熄滅，成為黑色的炭灰。

可憐的蟾蜍，腳趾和嘴唇都被炭火燒黑了，這就是黑眶蟾蜍後代子孫的嘴唇和腳趾都是黑色的由來。布農人感念蟾蜍的幫助，傳下了後代子孫不可以傷害蟾蜍的禁忌。

沒有火，生肉怎麼吃呢？布農人又去請有翅膀的鳥來幫忙。山烏秋答應了，立刻向卓社大山出發！果然取回火種，但是，因為牠用嘴和腳，輪流夾著火種飛回來，把嘴和腳都燙傷了。山烏秋的嘴和腳全變紅了，直到現在，牠們的嘴和腳還是紅通通的。布農人為了感謝牠們，後代也都遵守著：不可以傷害紅嘴黑鵯的禁忌。

解決了火的問題，大雨終於停了。可是洪水還是沒有退去。

布農人聽說，這是因為有一條大蛇堵住了兩山之間的河口。於是，有一隻大螃蟹自告奮勇的前去和大蛇大戰了三天三夜，最後用大螯把蛇的肚子剪開；受傷的蛇，向下游游去，游出了一條彎彎曲曲的河流。洪水順著河流流入大海，大水終於退去了。

陸地重新出現在人們眼前，大家終於可以回到原來的部落生活。

只是，所有的作物都被洪水沖走了。就在這時候，族人發現高高的檳榔樹上掛著一串串小米的穗子；接著，又在樹上的鳥窩裡找到各

種蔬菜的種子。他們把蒐集到各種植物的種子，播種、繁殖。當小米收割時，他們用小米釀成酒，做成好吃的麻糬，大家開心的圍在一起，一邊吃著麻糬，一邊喝酒，歡歡樂樂的慶祝族人的重生——這就是小米祭豐收節的由來。

難忘心情

這是一則原住民神話故事，小時候聽爸爸說的。爸爸經常外出工作，交了很多原住民朋友，知道很多原住民族的神話，和民間流傳的巫蠱故事。

這個故事裡有洪水、動物和種子，很像是臺灣版的〈諾亞方舟〉。從故事中，可以看到先民如何解釋動物的特色？為什麼傳統會留下許多禁忌？為什麼火種、物種對人類的發展那麼重要？也告訴了我們熱鬧的節慶由來。

說故事的人

陳木城，兒童文學作家，歷任小學教師、主任、督學、校長，退休後從事生態、科技工作，曾任生態農場總經理、教育科技公司執行長。喜歡讀書寫作，創建新的事物，除了演講寫作，也擔任全球華文國際學校推動籌設等工作。

鹿角還狗哥

故事採集·改寫／子　魚
故事來源／民間故事

一個春天的早晨，百花開了。狗長久住在山洞裡，覺得很悶，他想出去走一走，散散心。

高大英挺的狗，頭上頂著一副美麗的犄角。狗對自己的犄角非常滿意，也因為這犄角，讓狗在森林中相當有地位。

這一天，他把犄角往頭頂上一戴，搖搖擺擺、開開心心的來到森林。

鹿看見狗頭上的犄角，十分美麗。愛漂亮的鹿心想：「如果能戴上這一對犄角，那該多好啊！」

鹿用羨慕的眼光看著狗，狗翹著下巴走過鹿身旁。

「早上好哇！狗哥。」鹿跟狗打招呼。

狗不理會鹿。但鹿繼續讚美狗說：「哇！狗哥，你這一對犄角可真威風啊！戴在你的頭上，簡直就是森林之王。」

「你還真會說話。」狗驕傲的說：「汪汪汪！我本來就是森林之王。」

鹿看狗回話了，得寸進尺的要求：「狗哥，你這犄角可以借我戴一下嗎？讓我威風威風。」

狗立刻拒絕：「不行！這是我專屬的犄角，不借！」

「戴一下就好，一下就好！」

「不行就是不行，再吵，我咬你！」狗生氣了。

鹿害怕的低著頭。

剛好公雞從他們身旁經過。公雞和狗是好朋友，鹿和公雞也是好朋友。鹿苦苦哀求，請求公雞幫忙說服狗。

公雞看鹿可憐的樣子，轉身跟狗說：「狗哥！看在我的面子上，你就將犄角借給鹿戴一下，只是一下而已，沒什麼關係！」

狗心想：「鹿也只是想借戴一下，應該沒關係。」「好吧！有公雞保證，我就把犄角借給你戴一下。」狗對鹿說。

「謝謝！太好了。」鹿激動的戴上犄角，然後跑到水邊照了又照：「哇！太漂亮，太適合我了，就像原本就該長在我頭上一樣！」鹿忍

不住開心的跳起舞來。

鹿捨不得將犄角摘下來，他使了壞心眼，一溜煙的奔跑回山裡。

狗和公雞驚訝的對看：「鹿怎麼跑掉了？」

從那一天開始，狗痛恨鹿的欺騙行為。在森林裡，只要看見鹿，一定全力猛追。

心虛的鹿，變得更膽小了。每當他遠遠的聽到狗叫聲，便嚇得馬上逃走，他一點也不想把犄角還給狗。

鹿跑掉了，狗只好逼著公雞要犄角。可憐的公雞，天天被狗逼迫，坐也不是，站也不是，就連晚上睡覺也睡不安穩。

公雞夜夜失眠，每回好不容易天剛亮，便朝山裡面大聲的勸：「鹿角還狗哥！鹿角還狗哥！」

這就是為什麼公雞每天早晨都要報曉的原因。

難忘心情

小時候，住在外婆家，外婆養了許多雞。公雞每到早晨就會喔喔喔啼叫。媽媽跟我說，公雞其實在叫鹿把角還給狗。她說：「仔細聽！公雞的叫聲，是不是叫著『鹿角還狗哥』（閩南話發音）？」我仔細聽，說：「真的耶！」媽媽就講了這個故事給我聽。

說故事的人

子魚，本名孫藝玨，兒童文學作家。寫詩、寫童話和小說，愛講故事，愛閱讀，更愛運動。臺東大學兒童文學研究所碩士，天津師大比較文學博士。個性活潑開朗，喜歡跑步。曾經得過信誼幼兒文學獎等獎項，作品有《詩人，你好》、《在那一年的鬼怪》等書。

小人魚公主

故事採集．改寫／岑澎維
故事來源／安徒生童話

「傻孩子。」海巫婆看著打算用美妙的聲音，換取人類雙腿的小人魚公主。

肥嘟嘟的水蛇在巫婆身邊繞啊繞，醜怪的蟾蜍依偎著海巫婆。海巫婆面無表情，冷酷的問：「你真的願意把美麗的尾巴，換成人類身上兩條笨拙的腿？」

為了人類世界的王子，人魚公主堅定的說：「我願意。」

「以後，你的每一步，都會像走在刀刃上，你可以忍受這樣的痛苦？」

人魚公主毫不猶豫的說：「我可以！」

海巫婆淡淡的說：「你一旦變為人的樣子，就再也無法變回人魚。而且，如果你無法得到王子全心全意的愛，就無法得到不滅的靈魂；你會在他和別人結婚的那天清晨，化成水上的泡沫，消失無蹤！」

「我不怕！」

「那麼，拿去吧！」

這筆交易完成，小人魚公主接過海巫婆的藥水，她也把動人的聲音交給海巫婆。

當她浮出海面、喝下藥水以後，便真的擁有一雙人類的腿，一雙修長的腿。

王子發現了她，帶她回皇宮。雖然每走一步，腳底都像刀在割，但為了王子真心真意的愛，讓她有勇氣忍受這疼痛。

然而王子心中念念不忘的，卻是暴風雨之夜，把他從沉船中救起的那位公主！

「那就是我啊！」小人魚公主在心裡呼喊了幾千遍，可是，失去聲音的她，沒有辦法說出這句話。

當鄰國的國王，把自己的女兒許配給王子時，王子不為所動，只是禮貌的到鄰國走走。但他看見鄰國公主時，他的記憶彷彿從沉睡中甦醒，覺得就是這位公主救了自己！

他決定要娶這位從驚濤駭浪中，把他救起來的公主。

小人魚公主的心碎了，每走一步的痛，也比不上心裡的痛。

在回程的船上，她看見洶湧的波濤裡，四個姊姊正跟隨著自己的船，她們都剪去了長髮。

「拿去吧！」大姊說：「這是我們用長髮跟海巫婆換來的，你用這把刀刺進王子的心臟，當他的血流到你

的腳上時，你就能回復成人魚！」

另一個姊姊大聲呼喊：「快動手，要在天亮之前完成！」

「快去吧，天快亮了！你快變成泡沫了！」

小人魚公主回到船艙中，她掀開紫色布幔，來到王子床前。她凝視熟睡的王子，深情親吻他的臉頰。

太陽從海裡升起，柔和的照進來。小人魚公主看見許多透明、泡沫狀的東西，輕飄飄在眼前漂移。

漸漸的，她也和這些飄動的泡泡在一起，在空中隨著輕風移動，最後降落在海裡，隨著浪花上下漂浮流動。

難忘心情

這是安徒生的故事中，我最喜歡的一篇，而且每次讀，都有一種美麗又心痛的感覺。「不要！」小人魚公主做的每件事，都會讓我在心裡這麼呼喊，但是，又有一個聲音堅定的說：「別怕，去吧！」

它就是能輕易的抓住讀者。

從第一次讀這個故事到現在，中間歷經了無數次的重讀，每次都希望結局不要這樣，但還是不得不承認：這就是最美的結局。

說故事的人

岑澎維，臺東大學兒童文學研究所畢業，現為國小教師。出版有《找不到國小》系列、《原典小學堂》系列、《成語小劇場》系列、《溼巴答王國》系列、《小書蟲生活週記》、《八卦森林》等三十餘本。

喜歡看故事、想故事、寫故事，雖然是個路痴，但還是很喜歡旅遊。

青鳥

故事採集．改寫／王家珍

原著作者／莫里斯．梅特林克

（Maurice Maeterlinck，1862-1949，比利時作家）

吉魯基魯和米姬露是樵夫的兒女，貧窮的他們在聖誕節前夕，擔憂著聖誕老公公究竟會不會來送禮物的時候，身穿綠衣裳、頭戴紅帽子、駝背、跛腳、獨眼的巫婆，帶著光之神出現在他們房間，問他倆願不願意幫忙尋找青鳥，治好她女兒的病。

吉魯基魯和米姬露沒有答應，反而問了一堆問題；於是巫婆讓吉

魯基魯戴上一頂鑲有鑽石的綠色帽子，召喚出屋子裡的麵包精、糖精、牛奶精、水精、火精，和吉烈多貓與基璐狗，引發兩兄妹的好奇心。巫婆還說，只要幫忙尋找青鳥，就可以看到已經去世的爺爺、奶奶、三個弟弟和四個妹妹。

吉魯基魯和米姬露被吸引了，踏上尋找青鳥的神祕旅程。他們在「回憶之國」見到了爺爺、奶奶、三個弟弟和四個妹妹，甜蜜相處好幾個小時，並且帶回一隻青鳥。奇怪的是，回來之後，青鳥竟然變成了黑鳥！

他們在「夜之宮殿」的眾多房間看到戰爭、災難、疾病和恐怖，也在最大的房間裡捉到無數青鳥，可惜青鳥們一離開「夜之宮殿」全都死了。

「夜之森林」的動物和樹木為了保護青鳥，聯手攻擊吉魯基魯和米姬露。雖然吉魯基魯亮出刀子嚇退對方，野狼還是把他撲倒。幸好光之神即時趕到，提醒他轉動鑽石，讓樹精消失、動物離開。

他們還經過「墓地」、「幸福的宮殿」，並且在「未來王國」和即將出生到他們家的弟弟見面聊天，而光之神也從「未來王國」偷偷夾帶一隻青鳥離開，可惜青鳥卻變成了紅色的鳥兒。

聖誕節的清晨，吉魯基魯和米姬露從追尋青鳥的旅程中醒來，他們以為已經過了一年，卻發現才過了一個晚上！他們好沮喪、好失望，不過，隔壁的老婆婆來家裡借火種的時候，他們驚訝的發現，她長得好像那位駝背的巫婆，而老婆婆生病的那個女兒，活脫脫就是一路守護著他們的光之神的化身。

最神奇的是，家裡原本飼養的那隻黑色鳥兒，竟然變成了青鳥！原來，他們歷盡千辛萬苦、遍尋不著的青鳥，竟然在自己家裡！吉魯基魯和米姬露慷慨的將這隻青鳥送給老婆婆。老婆婆把青鳥帶回家，生病的女孩一接過青鳥，病就立刻痊癒了。

女孩帶著青鳥來答謝吉魯基魯和米姬露，沒想到一個不小心，青鳥竟然飛走了！

女孩傷心得哭了起來，吉魯基魯立刻安慰她：「不要擔心，不要哭，我一定幫你找回青鳥。」

難忘心情

小時候讀〈青鳥〉，有很多不理解的地方，尤其是吉魯基魯在「回憶之國」與爺爺的對話。爺爺告訴他，死去的人在回憶之國幾乎都在睡覺，如果活著的人想起死去的人，死去的人才可以起來活動，如果死去的人都沒有被想起來，那麼他會在回憶之國一直昏睡。這讓我非常驚訝，原來，思念是活人和死去的人溝通的方式。

「夜之宮殿」的眾多房間也深深吸引著我。不打開那扇鎖住的門，永遠無法知道房間裡有什麼。但是萬一打開的是一個滿是鬼怪的房間，那可怎麼辦？

說故事的人

王家珍，澎湖人，正職是道貌岸然的兇巴巴老師，閒暇時充當「業餘童話創作者」。開心快樂時，常把創作童話拋在腦後；鬱卒難受時，才想到用童話創作來療傷止痛。過年過節時，也喜歡寫篇童話慶祝一番。

業餘創作童話已滿三十年，出版過十八本書，童話創作風格為搞笑、娛樂、諷刺……，也喜歡做些小手工自娛。

金銀島

故事採集‧改寫／許榮哲
故事來源／史蒂文生《金銀島》

小男孩吉姆家裡開了一間旅店，有一天，一個叫比爾的老酒鬼住進了旅店，從此改變了吉姆的命運。

老酒鬼比爾經常哼一首奇怪的歌：

十五個人站在死人箱上
唷呵呵，還有蘭姆酒一瓶

哼著、哼著，老酒鬼比爾會突然瞪大眼睛抓著吉姆：「小子，眼睛放亮點，替我注意一個水手，一個獨腳水手。看到獨腳水手，一定要馬上告訴我，他是個比魔鬼還可怕的人！」

老酒鬼比爾像塊腐肉，把所有的海盜都吸引過來了，原因是他身上有一張藏寶圖。

海盜們殺進旅店，害死老酒鬼比爾，卻沒拿到藏寶圖。藏寶圖意外落到吉姆手上。

就這樣，吉姆帶著藏寶圖逃走了，隨後他跟著幾個可靠的大人，再加上召募來的水手，一共三十個人，浩浩蕩蕩一同出海去尋寶。

不幸的是，吉姆他們召來的水手，幾乎都是海盜，包括比爾口中那個比魔鬼還可怕的獨腳水手——希爾法。

一開始，海盜還刻意隱瞞身分，然而一抵達金銀島，立刻露出猙獰的真面目。

身陷重重危機的吉姆等人，意外遇到一個土人，他的名字叫「班」。班以前也是海盜的一員，因此提供了許多有利的敵情資訊。他說，真正的魔鬼是海盜頭子「佛林特」，比爾、希爾法、班，都是他的手下。當年海盜頭子佛林特，帶了十五個夥伴來金銀島，完成藏寶的任務之後，居然下重手把夥伴統統殺了——他想一個人獨占寶藏。

老酒鬼比爾常哼的那首歌「十五個人站在死人箱上」，指的就是這件事——十五個人指的是十五個海盜，死人箱指的是寶藏箱。

十五個海盜最後只有三個人活下來，分別是老酒鬼比爾、獨腳水手希爾法，以及土人班。

當故事來到終點，海盜抓到吉姆，押著他來到藏寶地點的時候，突然傳來佛林特的歌聲：

十五個人站在死人箱上

唷呵呵，還有蘭姆酒一瓶

喝吧，魔鬼已經準備好一切

等等，佛林特不是已經死了嗎？難道是他的鬼魂？

海盜們被魔鬼佛林特的歌聲嚇壞了，先是自相殘殺，隨後四處逃竄。

突如其來的鬼魂歌聲，救了吉姆一命，但唱歌的不是佛林特的鬼魂，而是班假扮的。在班的協助下，吉姆等人終於戰勝海盜，成功找到寶藏，完成不可思議的冒險旅程。

難忘心情

〈金銀島〉是我小時候最喜歡的卡通之一。

其中，最令我印象深刻的人物是獨腳水手希爾法，雖然他是個殺人不眨眼的大壞蛋，但卻充滿了獨特的魅力，例如他居然對主人翁小男孩吉姆說：「如果這個世界是黃金做的，那麼人們將為了一把泥土而奮戰。」

希爾法教會了我什麼才是真正的寶藏，寶藏不是黃金、鑽石，而是稀少、缺乏。一個人最大的價值在於：跟別人不一樣。

說故事的人

許榮哲，曾任《聯合文學》雜誌主編、四也出版公司總編輯，現任「走電人」電影公司負責人。曾入選「二十位四十歲以下最受期待的華文小說家」。曾獲時報、聯合報、新聞局優良劇本、金鼎獎最佳雜誌編輯等獎項。影視作品有公視「誰來晚餐」等。代表作《小說課》在臺灣和中國大賣十幾萬冊，掀起故事的狂潮，被盛讚為「最適合中國人的故事入門教練」。

阿拉丁神燈

故事採集・改寫／林玫伶
故事來源／《一千零一夜》

阿拉丁的父親去世多年。有一天，阿拉丁遇到一個自稱是他伯父的魔法師，要帶他去做大生意。

魔法師領著阿拉丁來到叢林中的一塊空地，口中念念有詞，不一會兒，就聽到一聲巨響，大地裂開，露出一塊石板。

魔法師對阿拉丁說：「抓著銅環，打開石板，走下地道，穿過一座長滿珠寶的花園，直走到大廳，把天花板掛著的舊油燈拿下來，交給我就行了。回來時，你可以拿走你喜歡的珠寶，就能成為大富翁啦！」

阿拉丁被推入地道，依照指示，拿了舊油燈和一些珠寶，準備回到地道口。但是他個子小，臺階太高，上不去。魔法師要求他先交出油燈，才拉他一把。

可是油燈壓在衣袋的最下面，不容易掏出來，魔法師以為阿拉丁不願把油燈交給他，一氣之下念起咒語，地道口就不見了。

阿拉丁這才醒悟對方是個假伯父，只想利用他得到油燈。

阿拉丁把油燈拿出來，看了又看，不覺得有特別之處，只是髒了些，便用手擦了擦它。

這麼一擦，一個巨人突然呼的站在阿拉丁面前，恭敬的說：「主人，請問有什麼吩咐？」

阿拉丁被嚇壞了，他結結巴巴的說：「我……我要回家。」

話剛說完，地面轟然裂開，他一下子就回到了地面，順利回家。

之後，阿拉丁靠著神燈改善了經濟，也開始認真學習，成為一個成功的生意人。

一天，阿拉丁在街上遇到公主，深深愛上了她，於是鼓起勇氣向國王提親。

國王開了一個條件：「你必須準備四十個純金的盤子，盛滿珍寶，四十個白皮膚的宮女端著，四十個黑皮膚的護衛跟隨。」

在神燈的幫忙下，這一點都不是問題，阿拉丁輕而易舉的完成任務，娶了公主為妻。

魔法師知道了，誓言要報仇拿回神燈。他趁阿拉丁去打獵時，裝扮成一個雜貨商到公主窗前叫賣：「快來看喲，新油燈換舊油燈！」

公主一聽，覺得很划算，便叫侍女把那盞舊油燈拿去換了。魔法師得逞後，吩咐神燈把公主和宮殿帶到他的領地去。

阿拉丁回來，發現愛妻和神燈已不知去向，他明白了一切，開始四處打聽妻子和神燈的下落。

皇天不負苦心人，阿拉丁終於找到被整座移走的宮殿，

見到了傷心的公主。阿拉丁把神燈的祕密告訴公主，並策畫如何救她。

晚上，魔法師回來後，喝下公主為他準備的酒，昏迷了過去。阿拉丁趕緊取下魔法師身上的神燈許願，順利把公主帶回家，重新一起快樂的生活。後來還當上了國王，臣民都很愛戴他呢！

難忘心情

燈神的威力實在太強大了！無所不能，要什麼有什麼。只可惜燈神沒頭腦，不分善惡，不辨正邪，是誰的就聽誰的。

這個故事滿足了我們的貪婪渴望，「如果有三個願望可以實現」「如果可以實現一個願望」……，神燈故事就這樣被後人不斷改寫，幽默搞笑的版本層出不窮。說來說去，每個人心裡總想撿到有求必應的神燈，但那是不可能的，只好再編些故事嘲笑自己「想太多」。

說故事的人

林玫伶，臺北市國語實驗國民小學校長、兒童文學作家。著有多部校園暢銷作品並獲獎，包括《小耳》（臺灣省兒童文學創作童話首獎）、《我家開戲院》（好書大家讀年度最佳少年兒童讀物獎）、《招牌張的七十歲生日》（入圍金鼎獎）、《笑傲班級》、《小一你好》、《童話可以這樣看》、《閱讀策略可以輕鬆玩》、《經典課文教你寫作》等十餘部作品。

夸父追日

故事採集．改寫／蔡宜容
故事來源／中國神話故事

在人間最荒涼的北方，在北方最遙遠的盡頭，在盡頭最孤寂的荒野，那兒有一座山，這山孤伶伶的，彷彿從地底拔起，跟誰不開心似的，一路怒長，直到天際。

沒有人到過這裡，誰要來？這兒什麼都沒有，呃，也許「什麼都沒有」這種說法有點誇張，比如說，這兒有「日出」，那是太陽從山谷間升起，捲起千重雲浪，幻化萬道金光的現象，美得讓人喘不過氣。

因為沒有人到過這裡，當然也就沒有人知道，既然沒有人知道，那跟「什麼都沒有」也沒啥差別，不是嗎？

但是，夸父知道了。

巨人族的夸父是個獨行俠，他一個人吃飯，一個人散步，一個人睡覺，他不是不喜歡同伴，也不是喜歡同伴，他就是覺得一個人挺好的。嚴格說起來，夸父也不算是孤單一人，他有四條黃綠色的小蛇，兩條掛在耳朵上，兩條抓在手掌心；有時候，小蛇們左耳鑽進，右耳鑽出，有時候，牠們躲在他的胳肢窩取暖。

夸父一向是白天睡覺，晚上散步數星星。有一天黎明，他不知怎麼，注視著藍灰色的天空與黑色的山谷裡出現一團洶湧滾動的白雲，雲層裡漸漸冒出一團混著紅色、澄色與金色的圓形物。夸父看呆了，他覺得自己的心像被針扎了一樣，刺痛起來。

夸父感到臉上溼溼的，「這是什麼？我為什麼哭了？」他覺得悲傷也覺得快樂；他覺得安心也覺得恐懼；他感到心臟噗通噗通跳著。

他痴痴望著，「啊，原來這就是太陽！」他不知道自己站了多久，他只知道太陽似乎離自己愈來愈遠，「怎麼辦？」他想也不想，拔腿狂奔。他不知道自己要做什麼，他只知道自己要離太陽很近，張開眼睛就能看見，那樣的距離。

於是，夸父展開無盡的追日之旅。他幾乎是幸福的，因為白天的時候，太陽簡直像陪著他天涯暴走；夜晚時分，他閉上眼睛就能看見太陽混著紅色、澄色與金色的光芒；夸父從來沒有這麼快樂過。

夸父唯一沒有辦法克服的，是他覺得渴。他好渴，喝再多水也解

不了的那種渴。他跑到黃河，咕嘟嘟飲盡黃河水；他衝向渭水，咕嘟嘟喝乾渭河水；他感到那「渴」似乎從喉嚨轉移到心臟，他知道，他的幸福旅程恐怕到了盡頭。

這天，夸父不再奔跑，他將手中的木杖使勁拋出，木杖落地，頓時開出一片混著紅色與白色的桃花林，圓圓的日頭掩映在枝葉間，這是夸父倒下之前看見的最後景象。

難忘心情

我從來不使用「夸父追日」這個成語，不自量力的人只管不自量力，別牽拖夸父——這個從荒野之中竄出來，一心追逐日影的孤獨巨人。如果純真是一種「不計代價」的熱情，那麼，誰比夸父更純真？如果悲劇是一種「明知其不可而為之」的執念，那麼，誰比夸父更悲劇？

《山海經》裡的夸父，從與天比高的山頭橫空破出，說故事的人告訴我們「夸父不自量力」，因此追日逐影，不過，我從來不相信說故事的人，我只相信故事。

說故事的人

蔡宜容，英國瑞汀大學兒童文學碩士，現為臺東大學兒文所博士生，譯作包括《沙莉拉赫特三部曲》、《謊話連篇》、《哈倫與故事之海》、《盧卡與生命之火》、《沙莉拉赫特三部曲》、《城市裡的鳥巢》等；著有《癡人》、《中美五街今天二十號》等。臉書專業「Dodoread都讀」討論兒童、文學、評論，歡迎來逛逛。

河伯娶新娘

故事採集・改寫／鄒敦怜

故事來源／中國民間故事

在一個叫鄴縣的地方，來了一個新的縣官，名叫西門豹。

這一年夏天，流經鄴縣的河川暴漲，淹沒很多地方。大水過後，西門豹到各地巡視，發現許多人家哭哭啼啼的，看起來非常悲傷。

西門豹上前問：「性命都保住了，一切可以重新開始，你們為什麼這麼傷心？」有人告訴他：「唉！只要地方發生水災，就是河伯要娶新娘了，家裡有女兒的都要擔心。」

一條河怎麼娶新娘？大家七嘴八舌的說，西門豹才知道這裡的陋習。

很久以來，這裡有個心腸惡毒的女巫師，跟地方官員和長老勾結。只要河水氾濫，就會召集人民，說要幫河伯娶新娘。哪家的女兒被看中，就會被打扮成新娘的模樣，丟進河裡跟河伯成親。窮苦的人只好趕快逃跑，他們留下的田地都被巫師搶走；有錢的人只好付出許多錢，希望自己的女兒免除這場災難。巫師和縣官勾結許多年，賺了很多很多錢。

西門豹非常生氣，但是他不動聲色。

女巫師真的來跟他商量，說河伯要娶新娘了，西門豹回說：「我剛來，不知道怎麼進行，你全權處理就好。」女巫師以為西門豹跟之

前的縣官一樣貪財，很開心的說：「太好了，我一定不會讓你失望。」

河伯娶新娘那一天，河邊擠滿了民眾，鼓聲咚咚咚的響著，喇叭滴滴答答的吹著，新娘就要被丟進河裡了。這時，西門豹把手舉起，要大家暫停。他來到新娘面前，掀起頭蓋看了看，搖搖頭說：「這個新娘哭得太難看了，河伯一定不喜歡，要換一個！但是河伯娶親的時辰到了，沒把新娘送過去很失禮。」

他看了看，指著女巫師說：「來，你是負責的人，你先下去跟河伯說一下。」女巫師來不及應變，就被西門豹的手下攔腰抱起丟進河裡。

隔了幾分鐘，西門豹搖頭嘆息：「唉！河伯生氣了，她一個人辦不好事情，得請幾個幫手。你們幾個比較年輕，一起去向河伯說明一下。」他指著巫師的幾個女徒弟，這幾個人也被西門豹的手下扔進河裡。

西門豹裝作心急的在岸上踱步，隔了幾分鐘，他大聲的說：「奇怪，怎麼還不上來？一定是河伯嫌女人辦事不牢靠。你們是地方重要人物，趕緊去幫忙吧！」他指著那幾個多年來狼狽為奸的地方長老，

「噗通！噗通！」這些人一個個被丟下河裡。

岸上其他的小官嚇得面色如土，趕緊跪下求饒：「大人饒命，我們再也不敢了！」西門豹也順水推舟、若無其事的說：「看來，有這麼多人去作客，河伯一高興就不想娶新娘了，我們不用等他們了。」

西門豹開始整治河川、開鑿水圳。鄴縣從此不再鬧水災，居民也終於能安居樂業。一直到現在，鄴縣地方的人民，都還很感激這位好官員呢！

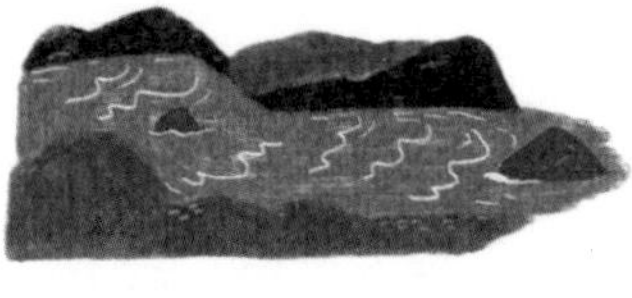

難忘心情

小學時，家裡又小又悶，夏天的晚上，我們貪涼都愛睡在地板上。這個〈河伯娶新娘〉的故事，就是入睡前，媽媽說給我們聽的。我們最愛聽後面那一段，想著那些「壞人」一個一個被丟進河裡，是否會發出跟「青蛙下水」一樣的聲響。

故事中，媽媽很清楚的點出鄴縣、西門豹、治水這幾個關鍵詞，長大後讀了《史記．滑稽列傳》，才知道這段童年聽的故事，竟然有這麼真實的歷史背景。

說故事的人

鄒敦怜，當了很多年的老師，寫了幾十本書，得過幾個文學獎。

從小就喜歡嘗試新鮮事物，喜歡問問題，更喜歡纏著家人說故事。每次聽過故事之後，對每個故事又會產生許許多多的疑問。長大之後，變成一個喜歡說故事的老師，開始寫下一個個有趣的故事；在創作中得到很大的快樂，希望美好有趣的故事，成為大家共同的記憶。

北風與太陽

故事採集・改寫／陳郁如

故事來源／伊索寓言

很久很久以前，來自北方的風神跟來自東方的太陽神，因為個性不合，常常爭吵，最常吵的，是誰的本事比較大。

「我是風神，」北風冷冷的說，「只要我開始用力吹，這個世界就會非常非常的冷。大地的溫度下降，天空會下雪，湖水會結冰，樹葉被吹落，所有的生物都躲起來，他們都會害怕我的出現，我的力量是無比的強大呀！」

「我是太陽神，」太陽的口氣熱切激昂，「我的熱力四射，我散放的光芒可以照亮大地，讓萬物甦醒。我的出現，讓天空湛藍澄清，讓山上的積雪融化，讓土裡的種子發芽，樹上的葉子茂盛，花朵盛開。所有的生物都會跑出來迎接我，我才是最強大的神！」

北風和太陽常常這樣爭論不休，沒有結論。這時候，有個旅人走在鄉間的路上，趕路要回家。

「我們每次吵，也沒什麼結果，」北風說：「不如這樣吧！我們來比賽。」

「比賽？怎麼比？」太陽好奇的問。

北風指著路上的旅人，「看到那個人嗎？他穿著厚厚的外套在趕路。我們來比賽，看誰的力量大，可以讓那個人把外套脫掉。」

「好主意！你先來吧！」太陽神便把自己隱身在厚厚的雲層裡。

北風自信滿滿的出現，深深的吸了一口氣，用力的對著旅人吹出冷冷的風。

「怎麼說變天就變天了？」旅人抬頭看著天色，皺著眉頭抱怨：「好冷啊！」

北風用力的吹，大風揚起旅人的外套，差點兒被風吹掉，北風得意的暗笑。

「什麼鬼天氣！怎麼忽然風這麼大？」旅人冷得發抖，兩隻手用力的抓緊外套，趕快把拉鍊拉上，扣子扣好，繼續趕路。

北風見狀，更是用力的吹，努力的把風灌進衣領、衣角，用盡力氣，企圖把衣服吹離旅人。只是他愈是用力吹，用力鑽，旅人愈是用力的拉緊衣服，怎麼也不肯放手。

「怎樣？不成功嗎？」太陽問：「換我了吧？」

「哼！我就不信你可以！」北風悻悻的說。

太陽從雲層後面露出臉，光芒四射，周圍的溫度也慢慢高了起來。

「呼！總算風勢過了。」旅人吁了一口氣，不再拉緊外套了。

太陽神看了更是加緊放送熱力，冰冷的空氣開始暖和，旅人的額頭也開始流汗。

「怎麼變熱了？天氣變得可真快！」旅人抬頭看天，一手支著額頭，遮擋刺眼的陽光。

太陽神繼續用力，旅人開始覺得熱，打開了扣子，拉下拉鍊。

太陽神微笑著，再度散發熱力。

旅人全身流汗，終於受不了了，不僅把外套脫了下來，還把裡面的毛衣也脫了。

太陽看了，忍不住微笑。北風點點頭，真心的認輸說：「好吧，我承認你贏了，你真的讓他把衣服脫了。」

難忘心情

我很喜歡這個故事，也常常跟別人分享這個故事。很多人在跟別人意見不合時，喜歡用強迫的，一定要用力讓別人接受自己的意見。可是，卻常常忘了，你愈是強迫，愈是使用蠻力，愈是讓人不能接受；甚至起了反感，更不願照你的意思去做，就算本意是好的。

我常常用這個故事警惕自己，不要用自己的想法想去改變他人；有時候，用一點同理心，一點溫暖，站在對方的立場，用別人可以接受的方式去表達自己的意見，效果一定會更好。

說故事的人

陳郁如，出生於臺北，中原大學化學系畢業後，到美國念藝術碩士，曾在臺灣、美國，舉辦過多次繪畫展覽。從小喜歡閱讀，一直想要用東方文化做為寫作元素，寫出給華人孩子們看的奇幻小說。她希望孩子們能在心中構築一個有趣的世界，同時又能學習到知識與文化，並能對大自然，有溫暖的同理心。作品有《修煉》系列、《仙靈傳奇》系列。

時間老人

故事採集・改寫／施養慧
故事來源／民間故事

有個好吃懶做的男孩叫阿峰，他爹想要磨練他，便帶他到自家的米舖幫忙。

才去了幾天，阿峰就哭著跟他娘說：「我不去了，天天關在那裡好無聊；爹還說，過些日子我就得學著扛米，那種粗活我可不幹。」

「你這孩子就怕吃苦，將來可怎麼辦哪？」他娘擔心的說。

「都怪你！要不是你把我生壞了，我現在肯定文武全才。」阿峰演大戲似的豎起了大拇指，不知道盛怒的父親就站在後頭。

「啪！」他爹二話不說，一巴掌打來，「你這沒出息的傢伙，偷懶還得怪你娘……。」

「嗚……。」阿峰哭著跑到河邊：「我不要當小孩了！我不要當小孩了！」

「小孩兒，」一個白鬍子老公公，笑瞇瞇出現在阿峰身邊問：「你幹嘛這麼急著長大呀？」

「大人最好了，想做什麼就做什麼，都沒人管。」

「這樣啊！」老人從袖口拿出一個拳頭大的棉球，棉球的線頭已經被扯出一小段，「既然你這麼想長大，這個就讓你保管吧！我是時間老人，這是你的生命線，如果你想要日子過得快一點，就把線頭往

外抽，抽得愈多，時間就過得愈快。記住，抽出的線無法再綑回去，而且，一旦抽光了，你就死了。」老人意味深長的看著他說：「珍惜時間！」便消失了。

「有這種好事？」阿峰半信半疑的拉了一小段棉線，老人果然沒騙他，他馬上從八歲變成十三歲。

阿峰欣喜的看著變高的自

己，父親突然走來說：「送兩袋米去陳家。」

滿肚子牢騷的阿峰，看著父親，又拉了一段手中的棉線；他擔心時間過得不夠快，便壯起膽子，又狠狠的抽了一段，他已經四十歲了。

四十歲的他不但沒了爹娘，而且成了六個孩子的爹。家傳的米鋪，也因為他經營不善，倒閉了。

「我怎麼這麼糊塗啊！連爹娘的最後一面都沒見著，我真不孝！」

阿峰痛哭流涕的責罵自己，但當他看著眼前的困境，又想：「這種日子怎麼過啊！還是再抽一點吧！」

就這樣，阿峰每次遇到困難就抽一段棉線，抽著抽著，他已經是七十歲的老人了。獨居在破屋的阿峰，用乾癟的手握著那團比眼珠還小的線球，說：「無論多苦，這線都不能再抽了。」

難忘心情

小時候讀過《小學生》月刊，雖然期數不全，連載也不連貫，但在那個年代，能有兒童刊物可讀已經很幸運了，我就是在《小學生》月刊讀到這個故事。

事隔多年，我早忘了這個故事叫什麼？也不知道作者是誰？但這個故事卻讓我永生難忘，總覺得那男孩怎麼把線抽得這麼快？又想，如果換成自己，一定也會忍不住一直抽那團線，想想還真令人心驚。長大以後，覺得這真是個發人深省的好故事，應該一直流傳下去。

說故事的人

施養慧，臺東大學兒童文學研究所畢業。致力於童話創作，因為童話是最浪漫的一種文類，不僅讓凡人上山下海，也讓人間成了有情世界。曾獲臺東大學兒童文學獎，已出版《傑克，這真是太神奇了》、《好骨怪成妖記》、《338號養寵物》、《小青》等書。

她覺得，兒童是國家的希望，也是最純真的人類，可以為他們寫作，是莫大的幸福與榮耀，希望一輩子寫下去。

虎姑婆

故事採集．改寫／王文華
故事來源／臺灣民間故事

很久很久以前，高高的山上有戶勤勞的人家。

有一天，爸媽要出門，留下姊弟看家，爸媽交代：「孩子們，千萬不能讓陌生人進門。」

那天晚上，風呼呼的吹，門砰砰的響。

姊姊問：「誰在敲門哪？」

外頭一個蒼老的聲音說：「我是你們的虎姑婆，帶好吃的點心來看你們哪！」

姊姊沒聽過有虎姑婆這個親戚，不肯開門；但是弟弟聽到點心，搶著打開門。門外是個長著黃鬍子，看起來凶巴巴的老婆婆。

弟弟很好奇：「為什麼你的臉上有鬍子？」

虎姑婆咧開了嘴笑：「我老了呀，人老了都會有鬍子啊。」

弟弟搬了椅子請她坐，虎姑婆卻坐在水缸上，好把尾巴藏起

來。弟弟沒注意她的尾巴，只想著：「姑婆，你帶的點心呢？」

虎姑婆笑咪咪的說：「今天晚上誰和我睡，我就給他點心吃。」

弟弟為了吃，那天晚上就和虎姑婆睡一張床。姊姊睡到半夜，被一陣咔吱咔吱的聲音吵醒了。

「姑婆，你在吃東西嗎？」姊姊問，「我肚子也餓了，可以給我一點東西吃嗎？」

「來來來，這一些給你，不要客氣。」

姊姊接過來一看，唉呀，那不是點心，是弟弟的手指頭。

「還要吃嗎，姑婆這裡還有喔！」

「不……不用了，我想上廁所。」姊姊嚇得腿都軟了，但是如果不跑，就會和弟弟一樣，變成虎姑婆的宵夜。

「三更半夜，你去上廁所要小心，姑婆用繩子拉著你，免得你掉到山谷裡。」

虎姑婆把繩子牢牢的繫在姊姊腳上，另一頭自己拉著；幸好，姊姊很聰明，她偷偷把繩子綁在茶壺上，自己爬到樹上。虎姑婆拉一拉繩子，茶壺嘩啦啦流出水來，她一聽，真以為姊姊在上廁所呢。

只是，姊姊一直沒有回來，虎姑婆覺得奇怪，出來一看，外頭一把大茶壺，樹上躲著小姊姊。

「小姊姊，你下來，我把你吃掉。」虎姑婆在樹下喊，其實是她太老了，爬不上樹。

「姑婆，你燒一鍋熱油，把我炸熟了再吃，那味道一定更好。」

「你等著啊。」

笨笨的虎姑婆燒了一鍋熱油，幫姊姊把油鍋吊到樹上去，姊姊在樹上喊：「姑婆，我跳下去炸了，你要記得把嘴巴張開喔。」

「好好好。」貪心的虎姑婆，把嘴巴張得好大，大到眼睛都瞇成一條縫，看不見姊姊在樹上推翻油鍋，看不見那桶沸油全倒了下來。

從此，再也沒聽說誰被虎姑婆害了。

難忘心情

小時候，喜歡回宜蘭外婆家，回去的車程很長，媽媽會講幾個故事給我們聽，虎姑婆就是其中之一。小時候聽這故事不覺得恐怖，只佩服那姊姊的機智與勇敢，以小對大，以弱贏強。

長大後自己當了爸爸，這時擔心的是：如果有一天，我們不在家，真來了個虎姑婆怎麼辦？因為有這隱憂，所以也講這故事，好讓孩子居家時能有危機意識。

說故事的人

王文華，國小教師，兒童文學作家，臺東大學兒童文學研究所畢業。他愛山更勝於愛海，目前定居於埔里，一個靠近日月潭邊的小鎮。

平時的王文華很忙，忙著讓腦袋瓜裡的故事飛出來，也要忙著管他那班淘氣的學生，他喜歡跑到麥當勞「邊吃邊找靈感」，那時，他特別有感覺，可以寫出很多特別的故事。

曾獲國語日報牧笛獎、金鼎獎等獎項。出版《美夢銀行》、《我的老師虎姑婆》、《可能小學的歷史任務》等書。

皇帝與算命師

故事採集．改寫／廖炳焜

故事來源／中國民間故事

明朝有位崇禎皇帝，雖然有心想要治理好國家，但是外部有滿族的皇太極虎視眈眈，內部有流寇李自成興兵作亂；再加上天災不斷，百姓流離失所，大明帝國可說是危機四伏。

崇禎皇帝平日喜歡招些江湖術士進宮卜卦算命，但又懷疑他們不敢對皇帝說真話，乾脆自己便衣打扮，溜出皇宮，到民間探聽真實民情。

這一天，崇禎皇帝走進市場，看見一個算命攤，心想：「何不測上一字，看看國家運勢如何？」就往測字攤的板凳坐下去。

算命的看有客人上門，笑臉問：「不知客官想測什麼事呢？」

「就測一測國事吧！」

算命師遞來毛筆，說：「請客官寫一個字。」

崇禎憑著直覺，落筆寫了一個「友」字。

算命師捧著字，捻著鬍鬚，思索一下，說：「您若問其他事，還好，若問國事，恐怕大大不妙。您看，這『友』字，不就是『反』字冒出頭？」

「什麼意思？」崇禎面色都變了。

算命師說：「反賊要出頭了！」

崇禎馬上想到流寇李自成率兵到處作亂，難道這算命的真那麼料事如神嗎？他內心驚疑不定，又拿起筆，寫下另一個「有」字，說：

「你再測測這個字。」

算命師一看，臉色乍變，沉吟許久。

「先生快測，莫要耽擱了我的時間。」

算命師湊近崇禎耳邊，輕聲說：「這個『有』字，更為不祥。你看，這個『有』字，上部是『大』字缺一捺，下部是『明』字少半邊。大明江山，已去一半了。」

「胡說！」崇禎大怒，嚇得算命師一枝筆都掉落地上。

「客官若是不滿意，小的不收您的錢，請走吧！」算命師說。

崇禎知道自己失態，仍不死心，說：「是我失禮了，那就換個字，請您再測測。」

崇禎說著，抓起毛筆，寫下一個「酉」字，往算命師面前一推。

算命師本來已不想再測，但是「酉」字已經推到他眼前，只好硬著頭皮把字接過來。

「啊！」算命師瞬間臉色青白，緊鎖眉頭，渾身打顫，久久說不出話來。

「先生為何不說話？」崇禎急問。

那算命師，緊張得看看四周，見無人靠近，嘆了一口氣，說：「此字大凶，小的不敢說。」

崇禎心裡已經涼了一半，但還是強作鎮靜，說：「不必隱瞞，儘管說，我不會告知別人。」

有
酉
測字
算命
友

算命師只好在紙上寫下一個「尊」字，湊近崇禎耳邊，說：「帝王是九五之『尊』，將『尊』字去了頭，斷了腳，不就是『酉』字？意思是，當今皇上可能有斷頭斷腳的災厄。」

崇禎一聽，頓時雙腿發軟，待回過神來，才急急奔回皇宮去，想要力挽狂瀾。不久後，李自成攻破京城，最終，崇禎還是無法挽回大明帝國的命運。

難忘心情

小時候，對於歷史老師講的這個故事，半信半疑。長大之後，到了北京旅行，親訪紫禁城後面的煤山，目睹了傳說中崇禎自縊的那棵歪脖樹。心想，一國之君，搞到眾叛親離，找再多的江湖術士，測再多的字，也難挽大明帝國的敗亡的命運吧！

說故事的人

廖炳焜，臺東大學兒童文學研究所畢業。得過一些兒童文學創作獎，自認不是作家，只是一個「愛說故事的人」。出版有《聖劍阿飛與我》、《大野狼與小飛俠》、《我們一班都是鬼》、《我的阿嬤16歲》、《老鷹與我》、《板凳奇兵》、《來自古井的小神童》、《火燒厝》等書。曾獲得好書大家讀好書推薦、金鼎獎入圍。

平日熱愛單車運動，常吹牛：「沒有上不了的坡，沒有過不了的河。」目前除了寫作，也常和老師、家長們分享親子共讀以及閱讀寫作的經驗。

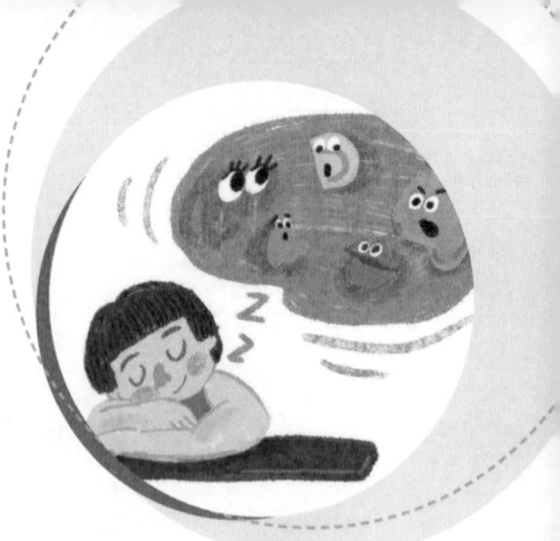

誰最有用

故事採集・改寫／黃基博
故事來源／口傳故事

小男孩睡得正香甜時，他身體裡的各種器官吵了起來，爭論著「誰最有用」。

頭腦靜靜的在傾聽，沒參加意見。

眼睛眨了幾下，先開口：「各位，我是最有用的器官啦！我幫助小主人看到美麗的世界——藍天、白雲、青山、綠水和繽紛的花朵，也讓他能快樂的閱讀、寫字。沒有我，小主人就像瞎子一樣，過著暗無天日的生活，非常苦悶。對嗎？」

「錯！」耳朵很不服氣，說：「我才是最有用的！沒有我，小主人怎能欣賞美妙的音樂和大自然悅耳的蟲鳴鳥叫呢？沒有我，小主人在街上行走，聽不到後面有來車，不知道及時走避，會出人命吔！」

嘴巴生氣了，翹得很高，說：「耳朵，你不要世界小姐放屁了——臭美！要是沒有我來吃東西，小主人、你和眼睛不就餓死了嗎？」

鼻子哼了一聲，說：「請問大家，如果沒有我和肺合作，負責呼吸工作，小主人能活命嗎？你們三個還能無聊的爭吵嗎？我現在就暫停一、兩分鐘呼吸看看！」

「不要！不要！我們知道你很重要！」嘴巴先投降。

心臟不甘寂寞的說：「你們怎麼都忘了我的存在呢？我每天日夜

不休的輸送新鮮的血液，帶養分給你們，難道我不重要嗎？你們只會想到自己有用，別人都是廢物！這樣不是很不公平嗎？」

吵到最後，大家都感到不好意思，啞口無言了。

沉默了一會兒，鼻子才說：「公說公有理，婆說婆有理。到底誰最重要，我們問問聰明的頭腦吧！」

沉默的頭腦終於開口了：「你們都同等重要！我們的小主人誰都少不了。不過大家都要合作無間，才能共存。」

這時，小男孩睡得更沉更香了，清秀帥氣的臉上，有著可愛的微笑呢！大概在作美夢吧！

難忘心情

小學五年級時，班上同學的向心力不強，全班像一盤散沙。

學校舉辦各種團體比賽，大家不熱心表現、不合作的態度，使得班級成績總是敬陪末座。

有一天，導師說了這個故事給大家聽，大家聽了有些慚愧，了解了老師的用心良苦，從此，學校有各種團體比賽，都能團結一致，爭取好榮譽。

說故事的人

黃基博，臺灣屏東縣人。屏師畢業後，在國小任教四十餘年，現已退休。教學之餘，從事兒童文學寫作，作品有童詩、兒歌、童話、故事、散文、歌曲、劇本……共出版了六十七本著作。

曾獲洪建全兒童文學獎、中國語文獎章、金鼎獎、高雄市文藝獎、海翁臺語文學獎等。在教學方面，獲師鐸獎兩次，杏壇芬芳獎兩次。

媽祖顯靈

故事採集・改寫／蔡淑媖
故事來源／臺灣民間故事

那是一個風平浪靜的日子，蔡阿闊和幾位鄰居駕著帆筏出海到外傘頂洲，他在那邊扦插了一片牡蠣田。

牡蠣俗稱蚵仔，依靠海中的浮游生物維生，幼苗附著在牡蠣殼上生長。漁民們把長成的牡蠣連同竹條從沙洲上拔起，堆在竹筏上運回，經過沖洗、震盪分離，讓牡蠣便利挖取採收。

烈日當空，阿闊踩在沙洲上，身手矯健的拔起牡蠣串。大家已經算好漲潮時間，在漲潮前要離開這片沙洲，時間有限，沒人敢停歇。儘管汗珠一滴一滴弄得眼睛好痛，也沒有乾淨的手去擦。海水和汗水一樣鹹，不擦也罷，趕快把工作做完，就能回家了。

正當大家埋頭認真工作，瞬間颳起了一陣不尋常的風，原本高照的艷陽突然隱身，天空烏雲密布。

「趕快收拾東西，風雨要來了！」阿闊急忙把帆筏推下水，讓船頭朝向回家的方向。鄰居們紛紛跳上自己的帆筏，張起帆，往回家的方向前進。

船才剛起步，大風雨排山倒海般鋪蓋下來。阿闊的船在最前面，他要引導其他的船駛往回家的方向，可是，大風

雨讓他根本分不清東西南北。他急得像熱鍋上的螞蟻，心中不斷默念著：「媽祖婆保佑，媽祖婆保佑。」

狂風暴雨中，他的眼睛幾乎睜不開。他用盡全身的力氣拉著帆索，穩住船身，以免帆筏翻覆。就在他快要沒力氣的時候，突然看到海上出現一道紅光。

阿闊不假思索，朝紅光的方向前進。海浪一波波襲來，只消一個大浪打下來，就足以讓船帆支離破碎。神奇的是，跟著這道紅光，阿闊和他的夥伴們都平安的避開浪頭，沿著浪尾一路回到港口。

當他們的帆筏抵達村子的港口時，岸邊早已站滿焦急等待的村民。很多人哭紅了眼睛，以為親人凶多吉少。看到漁民們平安回來，大家一擁而上，幫忙把帆筏拉到安全的地方。拋下船錨後，阿闊和村民不約而同前往大廟口，感謝媽祖顯靈，救了大家。

難忘心情

我出生在臺灣西南邊的小村莊，村民大都靠海維生。在科技不發達的年代，漁民憑藉祖先流傳的智慧臆測天氣以決定出海工作的天數，然而，天有不測風雲，再有經驗，也有判斷不準的時候。為了保平安，漁民們向媽祖祈求，請她守護大家。

自我懂事，就知道家族中有一尊媽祖神像，只要遇到不順遂的事情，大家就會去把媽祖請回家坐鎮，扶鸞問事，好奇的我總是跟在旁邊，因此聽到了不少和媽祖有關的故事。

說故事的人

蔡淑媖，出生於嘉義沿海的偏僻小村莊。從小愛說話，是個很吵的小孩。愛說話也愛聽大人說話。最喜歡學校的說話課，因為不用聽課和考試，又有故事可以聽，自己也常常上臺說故事。認真算來，說故事已經超過四十年了。現在是兒童文學工作者，除了說故事，也寫故事和教課。

傑克與魔豆

故事採集．改寫／阿德蝸

故事來源／英國童話故事

「傑克，我們家的老乳牛已經擠不出奶了，你牽去市場賣掉吧！」

「好。」

傑克牽著老乳牛往市場走去，有個陌生老人上前搭訕。

「你這頭乳牛是要賣的嗎？」

「是的。」

「我這裡有顆神奇魔力的豌豆，可以讓你變成有錢人，你願意用這頭乳牛跟我交換嗎？」老人問。

「魔豆！變成有錢人！太棒了。」

老人微笑的點點頭。傑克帶著豌豆開心的回家，卻被媽媽給痛罵一頓，「糊塗蛋，你被騙了。」豌豆因此被丟到窗外。

第二天，傑克醒來，發現那顆被丟掉的豌豆，竟然已經長高到天空裡。他興奮的大叫：「哇，好高大的豌豆樹！我要爬上去看看。」

就這樣，身手敏捷的傑克攀著豌豆樹爬上了雲霄，來到天上巨人的房子。這時，肚子已經餓得咕嚕咕嚕叫的他好奇的走進去，想找點東西吃。

「你好，可以給我點東西吃嗎？」一進到屋子裡，傑克就看到巨人的老婆在廚房裡忙著。

「可憐的孩子，我看你已經餓壞了，這個麵包你先拿去吃吧！」

「謝謝。」傑克狼吞虎嚥的啃起麵包。

咚……咚……咚……

這時，屋外傳來巨大又沉重的腳步聲。傑克好奇的往門口望去。

「我先生回來了，他最喜歡吃像你這樣的小孩，快躲起來吧！」

婦人兩根手指輕輕一捏，連忙把傑克藏進鍋子裡。

「老婆，我回來了……咦，好像有人類小孩的味道。」

巨人一進屋，就四處嗅著，企圖找出味道的來源。

「我看你是餓昏了頭，先吃點牛肉吧！」

婦人連忙把香噴噴的牛肉端到巨人面前，巨人吃完牛肉後，隨即從袋子裡倒出許多金幣，滿足的數著數著，直到睡意來襲，呼嚕嚕的趴在餐桌上睡著了。

「吃小孩的大壞蛋！」

傑克決定偷走巨人的金幣，替被吃掉的孩子出口氣。

有了金幣，傑克和媽媽不再過窮苦的生活。沒多久，傑克再次冒險進到巨人的屋子，還帶走一隻會下金雞蛋的母雞。

當傑克第三次進到巨人的屋子，想拿走巨人的金豎琴時，卻被巨人發現了。

「你這個小偷，別跑！」巨人追著傑克從豌豆樹上滑下去。

這時候，早一步溜下地面的傑克，趕緊拿

起一旁的斧頭，使勁的往豌豆樹砍去。

卡喳，卡喳。

嘩……碰……

豌豆樹倒了，巨人從半空中摔到地上，死了。

傑克和母親靠著從巨人那裡得到的財寶，過著幸福的日子。

難忘心情

這個故事在我童年裡具有魔力，因為我曾在校園的樹下幻想著：自己也能幸運的撿到一顆「魔豆」。直到畢業那天，我才終於接受「魔豆」並不存在的事實。

當了老師後，再讀這個故事，心裡有了不同層次的看法——傑克其實做了「偷」的勾當。因此，當我念這個故事給孩子聽時，會淡化傑克「偷」的行為，這是身為師長因時制宜所做的調整。

說故事的人

阿德蝸，環境管理研究所畢業，目前是小學老師，喜歡大自然、旅行和拍照。圖鑑方面的作品有蝸牛、迷你貝、淡水貝等貝類圖鑑；兒童文學方面的作品有《烏龍小學》系列、《小四愛作怪》系列、《搶救消失的風景線》系列及《火龍的逆襲》等。

國家圖書館出版品預行編目 (CIP) 資料

111 個最難忘的故事 . 第二集 , 田能久與大蛇精 /
許書寧等合著 ; 陳完玲繪 . -- 初版 . -- 新北市 : 字畝
文化創意出版 : 遠足文化發行 , 2018.04
面 ; 公分 . -- (Story ; 7)
ISBN 978-986-96089-5-4(平裝)
859.6 107004400

Story 007

111個最難忘的故事 第二集 田能久與大蛇精

作者｜許書寧、劉思源、林世仁、曹俊彥、子　魚、王家珍、許榮哲、蔡宜容、鄒敦怜等
繪者｜陳完玲

字畝文化創意有限公司
社長兼總編輯｜馮季眉
責任編輯｜洪　絹
主　　編｜許雅筑、鄭倖伃
編　　輯｜戴鈺娟、李培如、賴韻如
特約編輯｜陳玫靜
封面設計｜三人制創
內頁設計｜張簡至真

出　　版｜字畝文化創意有限公司
發　　行｜遠足文化事業股份有限公司（讀書共和國出版集團）
地　　址｜231 新北市新店區民權路 108-2 號 9 樓
電　　話｜(02)2218-1417
傳　　真｜(02)8667-1065
客服信箱｜service@bookrep.com.tw
網路書店｜www.bookrep.com.tw
團體訂購請洽業務部 (02) 2218-1417 分機 1124

法律顧問｜華洋法律事務所　蘇文生律師
印　　製｜中原造像股份有限公司

2018 年 4 月 3 日初版一刷　定價：320 元
2024 年 2 月　　初版十刷
ISBN 978-986-96089-5-4　書號：XBSY0007